Kristin Mahoney

ANNIES LEBEN IN LISTEN

Mit Illustrationen von Rebecca Crane
Aus dem Englischen von Diana Steinbrede

Schneiderbuch
EGMONT

1.Auflage 2019

verlegt durch EGMONT Verlagsgesellschaften mbH,
Alte Jakobstraße 83, 10179 Berlin

Die englische Originalausgabe erschien 2018
unter dem Titel »Annie's Life in Lists«

Published in the United States by Alfred A. Knopf,
an imprint of Random House Children's Books, a division of
Penguin Random House LLC, New York.
Knopf, Borzoi Books, and the colophon
are registered trademarks of Penguin Random House LLC.
Visit us on the Web! rhcbooks.com
Vermittelt durch die Literarische Agentur Silke Weniger
Übersetzung aus dem Englischen: Diana Steinbrede
Umschlaggestaltung: Anke Koopmann, in Anlehnung an das englische Original
Satz: Achim Münster, Overath
Druck: Printed in the EU
ISBN 978-3-505-14257-4
www.schneiderbuch.de

FÜR MEINE DREI GROSSEN LIEBEN

WHELAN

♡

LUCY

♡

ALICE

♡

Fünf Dinge, die ich an meinem richtigen Namen, Andromeda, hasse

1. Alle sagen: »Das ist ein komischer Name.«
2. Niemand weiß, wie man ihn buchstabiert.
3. Niemand weiß, wie man ihn ausspricht. (Dabei spricht man ihn genauso aus, wie man ihn schreibt: »An-dro-me-da.«)
4. Niemand kann ihn sich merken. (Das stört mich am meisten, weil ich mir so ziemlich alles merken kann.)
5. Obwohl mich die meisten Leute Annie nennen, findet mein Bruder, dass mein Spitzname Drommi oder Dada lauten sollte. (Er heißt Theo, nach meinem Urgroßvater Edward. Anscheinend haben sich Mama und Papa all ihr Fingerspitzengefühl bei der Namensfindung für mich aufgehoben.)

Drei Dinge, die ich an meinem Namen mag

1. Mama sagt, ich wurde nach ihrem Lieblingssternbild benannt.
2. Papa sagt, dass Andromeda auch eine Prinzessin aus der Sagenwelt war.
3. Meinen Spitznamen, Annie.

Ich bin Annie. Dies ist mein Leben in Listen.

Neun Dinge, die ich sehe, wenn ich in den Spiegel schaue

1. Sommersprossen. Viele. Vor allem im Sommer, natürlich.
2. Unbeschreibliche Haarfarbe. Nicht etwa wie: »Unbeschreiblich hübsch!« Einfach nur echt schwer zu beschreiben. Nicht blond. Nicht braun. Meine Oma Helene nennt es »straßenköterblond«, aber ich finde, das klingt nicht gut.
3. Grüne Augen (Die mag ich am liebsten.)
4. Einen Höcker auf einem langen Nasenrücken (Den habe ich von meiner Mama.)
5. Eine kleine Lücke zwischen meinen Schneidezähnen
6. Fast immer: ein T-Shirt
7. Fast immer: Leggings oder Jeans
8. Im Sommer: Flip-Flops
9. Im Winter: Turnschuhe oder Stiefel

Drei Dinge, die ich nie sehe, wenn ich in den Spiegel schaue

1. Ein Kleid
2. Teure Turnschuhe (Mama »hält nichts davon«.)
3. Glattes Haar (Es ist immer irgendwie struppig, sogar fünf Minuten nach dem Bürsten.)

Drei Dinge, die man mir nicht ansieht

1. Ich bin Linkshänderin (obwohl ... wenn man ganz genau hinschaut, könnte man bemerken, dass ich immer Bleistiftspuren an meinem linken kleinen Finger habe, wo meine Hand über die Schrift geglitten ist).
2. Ich bin allergisch gegen Amoxicillin.
3. Ich habe ein erstaunliches Gedächtnis.

Fünf Dinge über mein Gedächtnis

1. Ich habe ein normales Gedächtnis für Dinge wie Rechtschreibtests oder Telefonnummern.
2. Ich habe ein nicht so gutes Gedächtnis, wenn es darum geht, Unterschriftenzettel wieder zur Schule

mitzubringen und den Ordner mit meinen Hausaufgaben in meinen Rucksack zu packen.

3. Ich habe auf jeden Fall kein fotografisches Gedächtnis, mit dem man Verbrechen aufklären kann.

4. Ich habe ein total abgefahrenes Gedächtnis für alles rund um Menschen. Ich behalte ihre Namen, was sie an verschiedenen Tagen getragen haben, wer ihre Geschwister sind, wie ihre Häuser aussehen und wie ihre Haustiere heißen.

5. Ich behalte Dinge über Leute, die sie niemals über mich behalten würden. Tatsächlich gibt es Kinder an meiner Schule, die nicht mal wissen, dass es mich gibt, aber ich könnte dir ihre Namen sagen, ihre Lieblingssportarten, wohin sie in Urlaub gefahren sind und was sie zu Mittag gegessen haben.

Vier Dinge, die andere Leute über mein Gedächtnis sagen

1. Mama sagt, das liege in der Familie und dass manche Leute eben einfach ein erstaunliches Gedächtnis haben. (Ihres ist auch ziemlich gut. Sie kennt die Namen aller Cousinen und Cousins von meinen Großeltern, sogar väterlicherseits. Und ihre alten Freunde nennen sie ihr »Kindheits-Google«, denn jedes Mal, wenn sie etwas aus ihrer Kindheit vergessen – den

Namen eines Lehrers, den geheimen Spitznamen für ihren Schwarm, das Ende einer verrückten Geschichte –, fragen sie einfach meine Mama.)

2. Papa sagt, ich sollte stolz darauf sein, dass ich mich an so viel erinnern kann.

3. Meine beste Freundin, Melli Lerner, findet es cool, weil:

   a. Ich kann ihr die Namen aller Fünftklässler sagen, die sie »interessant« findet.

   b. Ich kenne die Vornamen aller Lehrer (weil ich mal das Lehrerverzeichnis gelesen habe, als mir langweilig war).

   c. Wenn jemand sie ärgert, tröste ich sie, indem ich sie an peinliche Dinge erinnere, die dieser Jemand früher mal gemacht hat. (Als Melli eine Brille bekam, zum Beispiel, nannte Hannah Krenzler sie einen vieräugigen Freak, und ich riet Melli, sie solle sich deswegen nicht stressen, weil Hannah sich früher den Pelz von ihrem Teddybären in die Nase gestopft hat.)

4. Theo sagt, mein Gedächtnis sei gruselig, und tut so, als wäre ich eine Stalkerin.

Ich sage ihm, dass man unglaublich viel lernen könne, wenn man einfach nur auf etwas achtet. Aber Theo hat trotzdem die Angewohnheit, mich anzustoßen, wenn er findet, dass ich zu viel rede. Erst recht, wenn ich mich an etwas über ihn erinnere, oder jemanden in seiner Stufe. *Erst recht*, wenn es ein Mädchen ist. (Als wir Sophie Karlin im Supermarkt getroffen haben, zum Beispiel, und ich ihn daran erinnerte, dass er mal gesagt hat, sie sehe aus wie Königin Amidala. Dafür ist er mir auf den Zeh getreten. Heftig.)

Was ich über mein Gedächtnis denke

1. Ich würde das vor Theo niemals zugeben, aber es *kann* ein bisschen peinlich sein. Wenn man sich an so viele Dinge über andere Leute erinnert, fühlt man sich manchmal, als ob niemand sich so für einen selbst interessiert wie andersherum. Zum Beispiel:

    a. Einmal haben Melli und ich an die Tür ihrer Nachbarin Cecilia geklopft, um ihr zu sagen, dass wir ihre Katze im Flur gefunden haben. Cecilias Sohn Peter war drei Jahre zuvor in Theos Fußballmannschaft gewesen, und die Jungs hatten ihn Professor genannt, weil er immer über abgefahrenen Fußballkram redete, den sonst niemand verstand. Natürlich erinnerte ich mich daran. Als Peter die Tür öffnete, sagte ich darum ganz automatisch: »Hi, Professor. Wir haben Boxer gefunden.« Er blinzelte mich kurz an und sagte dann: »Wer bist *du* denn?«

Kurz zusammengefasst also: Ich kannte sowohl seinen Spitznamen als auch den Namen seiner Katze, aber er hatte keine Ahnung, wer ich war. Obwohl ich bei jedem seiner Fußballspiele gewesen war. Und er war bei der Pizzaparty seiner Mannschaft in unserer Wohnung gewesen. Und ich war die beste Freundin seiner Nachbarin. Eigentlich hätte es *ihm* peinlich sein müssen, *mich* nicht zu kennen, aber irgendwie war ich diejenige, die rot wurde.

b. Am ersten Schultag letztes Jahr, als meine Lehrerin, Frau Allert, laut überlegte, wie wir zwischen den beiden Emmas in unserer Klasse unterscheiden sollten, da der Nachname von beiden mit S anfing, sagte ich: »Wir könnten eine einfach Emma Marie und die andere Emma Elisabeth nennen.« Denn ich hatte ihre zweiten Vornamen behalten. Weil sie sie bei der Eiersuche im Park auf ihre Plastik-Osterkörbchen geschrieben hatten. Im Kindergarten. Offensichtlich erinnerte sich keine der Emmas daran, denn sie schauten mich an und sagten wie aus einem Mund: »Woher kennst du meinen zweiten Vornamen?« Und wieder wurde ich knallrot.

2. In letzter Zeit ist es ein ernsthaftes Problem. Seit ich wegen meines Gedächtnisses von der Schule geflo-

gen bin, muss sich Theo keine Sorgen mehr darum machen, dass ich zu viel sage. Jetzt behalte ich alle Informationen für mich.

Vier Dinge, bei denen ich so getan habe, als würde ich mich nicht daran erinnern, damit die Leute mich nicht merkwürdig finden

1. Den Vornamen, zweiten Vornamen und Nachnamen von einem Jungen, den ich mal auf einer Geburtstagsparty getroffen hatte, vor fünf Jahren, als ich im Kindergarten gewesen war (und die Tatsache, dass er kein Eis wollte und dass er bei Blinde Kuh absolut niemanden erwischte)
2. Eine Unterhaltung mit Jesse Brunner in der ersten Klasse, in der er mir erzählte, dass er seine Haare seit zwei Monaten nicht gewaschen hätte
3. Die Straße, in der mein Lehrer wohnt
4. Die Namen von Leuten, die *mich* nicht kennen, wenn ich sie in der Öffentlichkeit sehe, so wie Adrian Klein aus meiner alten Musikschulklasse, der direkt vor mir und Mama in der Kinoschlange stand. Oder Lola Moran, die eine der Hauptrollen im Schulmusical spielte und ihre Decke bei einem Sommerkonzert im Park neben unsere legte. (Ich habe nicht nur so getan, als würde ich ihre Namen nicht kennen; ich

habe so getan, als würde ich sie überhaupt nicht bemerken. Das war nicht besonders schwer, weil sie mich auch nicht bemerkten. Und ich glaube, sie haben nicht nur so getan.)

Auf jeden Fall ist es keine große Sache, mich bedeckt zu halten, wie bei Adrian und Lola, denn ich bin sowieso ein ziemlich stilles Kind.

Vier Beispiele dafür, wie still ich sein kann

1. Am dritten Tag des Feriencamps im letzten Sommer hat mich die Leiterin als abwesend markiert, weil sie nicht gemerkt hat, dass ich da war.

2. Jedes Mal, wenn wir uns im Kindergarten in eine Reihe stellen mussten, sagte meine Erzieherin: »Dann lasst uns mal sehen, wer noch so still sein kann wie Annie.« (Mama hat dem ein Ende gemacht, nachdem ich ihr davon erzählt hatte.)

3. Unsere Nachbarin von gegenüber, Frau Hartzell, hat mich ein ganzes Jahr lang »Angie« genannt, und ich habe sie nie verbessert. (Theo hat sie schließlich korrigiert, als er es gehört hat.)

4. In der zweiten Klasse hat mich Charlotte Teufel jeden Tag in der Mittagspause dazu gebracht, ihr meine Erdnussbutterkekse zu geben. Erdnussbutterkekse

sind meine Lieblingskekse, aber ich habe niemandem davon erzählt. Gegen Ende des Schuljahrs merkte Melli, was abging, und sagte Charlotte, sie solle damit aufhören. So sind Melli und ich Freundinnen geworden.

Vier Gründe, warum ich still bin

1. Ich höre zu.
2. Ich schaue zu.
3. Ich denke nach.
4. Ich weiß nicht, was ich sagen soll.

Das Letzte passiert ziemlich oft. Ich sehe, wie andere Leute über etwas witzeln, was sie zusammen gemacht haben, aber sobald ich über eine Erinnerung spreche, habe ich Angst, dass sie mich merkwürdig finden, weil ich mich daran erinnere. Oder – im Fall von Charlotte und den Erdnussbutterkeksen – ich habe Angst, dass jemand mich nicht mag. Also sage ich gar nichts.

Eine einzige Situation, in der ich zu viel rede

1. Wenn ich nervös bin und die einzige andere Person im Raum ein Erwachsener ist. Erst recht ein Erwachsener mit Autorität. Ich bin nicht sicher, warum ich es tue. Vielleicht denke ich, wenn ich nur genug rede, könnte ich das, weswegen auch immer ich nervös bin, verhindern.

Ich weiß, dass mich das nicht zu etwas Besonderem macht. Wahrscheinlich fangen viele Kinder an zu plappern, wenn sie Auge in Auge einem Lehrer oder Trainer gegenüberstehen. Oder einem Schuldirektor. Aber die meisten Kinder haben nicht das gleiche Gedächtnis wie ich. Darum ist ihr Geplapper keine große Sache.

Ein Mal, bei dem mein Gedächtnis – und mein Geplapper – zu einer sehr großen Sache wurden

1. Als ich meinem Direktor, Herrn Laurenz, sagte, dass sein Bruder wie jemand aus der Textilreinigung aussehe.

Neun Gründe, warum ich in Herrn Laurenz' Gegenwart nervös war

1. Ich war vorher noch nie in seinem Büro. (Als stilles, hilfsbereites Kind gehöre ich nicht zu der Sorte von

Leuten, die sehr oft zum Direktor geschickt werden. Eigentlich nie.)

2. Er war der Direktor. (Siehe oben: Erwachsene mit Autorität machen mich nervös.)

3. Ich überbrachte eine Nachricht von meiner Lehrerin Frau Simons.

4. Ich hatte keine Ahnung, was in der Nachricht stand.

5. Meine Fantasie ging etwas mit mir durch, als ich mich fragte, was wohl in der Notiz stehen könnte.

6. Ich fragte mich, ob es etwas mit *Wir sind doch keine Flipperkugeln!* zu tun hatte, einem Buch, das ich aus Frau Simons' Klassenzimmer-Bücherei ausgeborgt und nie zurückgebracht hatte, weil ich es verloren hatte.

7. Ich fragte mich, ob es in der Nachricht darum ging, wie meine Bestrafung aussehen sollte.

8. Dann fragte ich mich, ob in der Nachricht etwas Gutes stand, zum Beispiel der Vorschlag, eine Klassenfeier zu veranstalten. Oder einen Klassenausflug. Oder einen Preis für den hilfsbereitesten Schüler.

9. Moment … das Letzte war vielleicht nicht ganz so gut. Ein Preis für Hilfsbereitschaft wäre einfach nur echt peinlich.

Auf jeden Fall seht ihr jetzt, woher meine Nervosität kam. Während ich also darauf wartete, dass Herr Laurenz den Brief las, fing ich an zu plappern.

Worüber ich in Herrn Laurenz' Büro plapperte

1. Über seine Bilder. Eigentlich nur ein Bild. Ein gerahmtes Foto von ihm und einem anderen Mann, das ich auf seinem Schrank erblickte, um genau zu sein.

2. Ich sagte: »Entschuldigen Sie, Herr Laurenz, aber wer ist der Mann auf dem Foto?« Er sagte, das sei sein Bruder, und ich sagte: »Er sieht genauso aus wie der Mann aus der Textilreinigung in meinem Häuserblock.«

3. Herr Laurenz sagte: »Bist du sicher?« Und ich antwortete: »Ja. Er hat eine Katze namens Oliver, die immer auf dem Tresen sitzt. Vor langer Zeit waren wir einmal da, um das Jackett von meinem Papa reinigen zu lassen, aber als das Jackett zurückkam, fingen Papas Augen an zu tränen, und Mama sagte, dass wahrscheinlich Katzenhaare drauf seien, mein Papa ist nämlich allergisch. Darum gehen wir jetzt zu einer anderen Reinigung.«

Sechs Gründe, warum das eine schlechte Idee war

1. Herr Laurenz sagte: »Mein Bruder arbeitet in einer Reinigung, und er hat eine Katze namens Oliver. Aber sein Laden ist nicht in diesem Stadtteil.«

2. Ich wohnte auch nicht in diesem Stadtteil.

3. Herr Laurenz fragte: »Du sagst, die Reinigung meines Bruders ist in dem Häuserblock, in dem du jetzt wohnst?«

4. Ich versuchte, Ja zu sagen, brachte aber keinen Ton heraus.

Herr Laurenz wusste nämlich nicht, dass meine Familie vor ein paar Jahren, als ich noch in den Kindergarten ging, umgezogen war. Weil die Miete von unserer alten Wohnung erhöht wurde. Laut den städtischen Vorschriften hätte Theo in der Schule bleiben dürfen, aber als ich in die

Vorschule kam, hatten sie mir keinen Platz dort garantiert, vor allem, da sie wirklich nur wenige Räume hatten. Da meine Eltern wollten, dass ich in die gleiche Schule ging wie Theo, erzählten sie niemandem von unserem Umzug. Die neuen Mieter der Wohnung legten die Post, die an uns adressiert war – inklusive Briefe von der Schule –, auf einen Tisch am Eingang, und wir gingen hin und wieder vorbei, um sie abzuholen.

Mama und Papa sagten immer, wir würden irgendwann in unseren alten Stadtteil zurückziehen, sobald wir es uns wieder leisten könnten. Und sie baten Theo und mich, in der Schule nichts davon zu erzählen. Sie sagten, es spiele keine Rolle, da wir ja bald zurückziehen würden, aber das Bildungsministerium würde das vielleicht nicht verstehen.

Doch Papa bekam nie die erhoffte Gehaltserhöhung, und er und Mama hatten anscheinend mehr Geldsorgen denn je, darum blieben wir an Ort und Stelle.

5. Dort, wo wir in Brooklyn lebten, spielten Schulbezirke eine große Rolle. Mein Gesicht fühlte sich plötzlich sehr warm an, und in meinem Bauch rumorte es, als sei ein Eichhörnchen darin gefangen. Meinetwegen waren wir aufgeflogen.

6. Die Katze war aus dem Sack. (Und saß mitten auf dem Tresen der Reinigung.)

Ich fand nie heraus, was in der Nachricht stand, die Frau Simons Herrn Laurenz geschickt hatte.

Fünf Dinge, die nach dem Reinigungs-Vorfall passierten

1. Herr Laurenz rief meine Eltern an und fragte, ob wir umgezogen seien.
2. Mama und Papa legten ein Geständnis ab.
3. Herr Laurenz sagte, ich könnte das Schuljahr dort beenden, aber im Herbst müsste ich die Schule wechseln.
4. Mama und Papa führten eine Menge sehr leiser Gespräche in ihrem Zimmer bei geschlossener Tür. (Einmal hörte ich zufällig, wie Papa sagte: »Wie kann sie sich überhaupt an diesen Mann aus der Reinigung erinnern? Wir sind seit Jahren nicht mehr da gewesen!« Und Mama sagte: »Wir dürfen ihr nicht die Schuld geben.«)
5. An unserem letzten Schultag eröffneten sie Theo und mir die große Neuigkeit: Papa hatte eine neue Stelle als Ingenieur bei einem großen Autobahn-Projekt bekommen, und diesen Sommer würden wir nach Kleewinkel ziehen, einem winzigen Ort, der ungefähr sieben Stunden weit weg von unserer Stadt lag.

Drei Arten, wie meine Familie auf die Neuigkeit reagierte

1. Theo verbrachte jede freie Minute bei seinem Freund Joe. Und wenn er zu Hause war, dann meistens in seinem Zimmer, bei geschlossener Tür und dröhnender Musik.

2. Mama räumte jeden Schrank und jede Schublade aus und gab alles weg, was wir in den letzten sechs Monaten nicht mehr benutzt hatten. Ich musste supergut aufpassen, dass sie nichts Wichtiges wegwarf.

3. Papa blieb häufiger als sonst von der Arbeit zu Hause. Tagsüber half er Mama beim Saubermachen, und nachts war er immer online und recherchierte Sachen, die er für seine neue Arbeitsstelle brauchen würde. Er schien etwas nervös zu sein. Ich schätze, eine neue Autobahn auf dem Land zu bauen war ganz schön anders als die Projekte, die er in der Stadt so gemacht hatte. Aber er redete auch ständig darüber, wie toll das Leben in Kleewinkel sein und was für coole Sachen wir dort machen würden. (Durch den Wald wandern! Kanufahren im See! Marshmallows in unserem eigenen Garten rösten!)

Fünf Arten, wie ich auf die Neuigkeit reagierte

1. »Was?!« Meine Familie hatte schon vor meiner Geburt in Brooklyn gelebt. Mama und Papa hatten manchmal davon gesprochen, dass sie ein Haus und einen großen Garten wollten, aber ich hätte nie gedacht, dass sie das wirklich durchziehen würden. Und jetzt, urplötzlich, zogen wir so weit weg?

2. Ich machte mir Sorgen. Wie würden die anderen Kinder sein? Würde irgendjemand mit mir befreundet sein wollen? Wie sollte ich ohne Melli überleben? Würde irgendjemand dort so toll sein wie sie? Und wie anders würde das Leben auf dem Land sein? Gab es dort mehr Käfer? Und was war mit Bären?

3. Ich machte mir Gedanken.

Als ich Mama zufällig sagen hörte: »Wir dürfen ihr nicht die Schuld geben«, was hatte das zu bedeuten? Glaubte sie wirklich, es *war* meine Schuld, dass wir umziehen mussten, und wollte bloß nicht, dass ich mir Vorwürfe machte? Musste Papa wegen mir eine neue Stelle suchen? (Ich meine, war es nicht seltsam, dass er gerade dann eine neue Stelle fand, als ich mich bei Herrn Laurenz verplappert hatte?)

Ich fragte mich auch, was es mit Papas neuer Stelle auf sich hatte. Mamas Arbeit ist ziemlich flexibel – sie ist Grafikdesignerin und kann von zu Hause arbeiten. Aber würde Papa immer noch Arbeit haben, wenn die Autobahn fertig gebaut war? Und falls nicht, bedeutete das, dass wir dann nach Brooklyn zurückziehen würden? Als ich danach fragte, seufzte Papa, und Mama sagte nur: »Eins nach dem anderen, Annie. Eins nach dem anderen.« Also mache ich mir immer noch Gedanken.

4. Ich wünschte mir, ich hätte bei Herrn Laurenz die Klappe gehalten.
5. Ich wartete darauf, dass Theo aufhörte, mich zu hassen.

Wie Theo und ich sechs Mal Zeit zusammen verbrachten

1. Fernsehen
2. Streiten
3. Geschirr spülen. Das war jeden Abend nach dem Essen unsere Aufgabe: Ich spülte, und Theo trocknete ab. Ich versuchte, ihn dazu zu bringen, dass wir uns abwechselten (ich hasste es, jeden Abend zu spülen, weil meine Finger schrumpelig wurden und ich die Töpfe nie richtig sauber bekam), aber er sagte, er sei als Einziger groß genug, um die Wandregale zu erreichen und die Gläser wegzustellen, also müsse er abtrocknen, bis ich größer würde.

4. Türme aus Pappbechern bauen. Das machten wir schon, seit wir klein waren. Theo wäre es wahrscheinlich peinlich, zuzugeben, dass wir immer noch so viel Zeit damit verbrachten (wenn einer seiner Freunde vorbeikam, stieß er die Becher um), aber wir waren echt gut darin. Wir bauten Türme, die größer waren als Papa.

5. YouTube-Videos über Wildtiere gucken. Manche davon waren echt süß, zum Beispiel die mit Elefantenmüttern und ihren Babys. Aber eines Tages stolperte Theo über ein Video vom Angriff eines Bären auf einen Typen, der einen Dokumentarfilm über wilde Tiere drehte. Ich erspare dir die Details, nur so viel: Ich hatte einen Monat lang Albträume. Und Theo bekam Riesenärger, weil er mir das gezeigt hatte.

6. Musik hören. Wenn er gute Laune hatte, fragte er mich, ob ich mir neue Musik anhören wollte, die ihm gefiel, dann machte er eine Playlist aus meinen Lieblingsliedern und lud sie auf meinen MP3-Player. Ich hatte also Playlists mit Namen wie

   a. Annies Jams (Musik, die mich fröhlich machte)

   b. Annie tanzt (Musik zum Tanzen, natürlich)

   c. Ganz ruhig, Schwester (Lieder, die ich hören konnte, wenn ich wütend war)

Vier Gründe, warum Theo vermutlich wütend über den Umzug war

---

1. Obwohl ich auf eine andere Schule hätte gehen müssen, wenn wir in Brooklyn geblieben wären, hätte sich sein Leben kaum geändert. (Er ist zwölf und auf der Realschule, für ihn spielt es keine Rolle, in welchem Stadtteil wir wohnen.)

2. Er hatte sich völlig darauf versteift, sich im nächsten Jahr an der La Guardia zu bewerben, einem richtig berühmten Gymnasium für Musik und darstellende Künste in Manhattan.

3. Seine Classic-Rock-Coverband Ed Zeppelin (der Bandname änderte sich ständig, aber das war der aktuellste) war endlich für ein paar »Gigs« im Sommer gebucht worden.

4. Er brüllte: »Warum konntest du deine blöde Klappe nicht halten?!«, als er die Geschichte über Herrn Laurenz und den Mann aus der Reinigung hörte.

Deshalb *vermutete* ich nicht nur, dass Theo wütend über den Umzug war. Ich wusste es. Es war ziemlich offensichtlich, dass er mir die Schuld für alles gab, und ich hatte so ein Gefühl, dass er recht hatte. Wegen meiner großen Klappe mussten wir umziehen.

Drei Dinge, für die ich früher an der Schule bekannt war

1. Ich konnte gut schreiben.
2. Ich war Mellis beste Freundin.
3. Ich bekam niemals Ärger.

Mir ist klar, dass das nicht gerade die interessantesten Dinge sind, für die man in der vierten Klasse bekannt sein kann. Es ist nicht das Gleiche, als wäre man der schnellste Läufer, der beste Künstler oder hätte einen Onkel, der Filmstar ist. Die meisten Leute kannten mich also überhaupt nicht, ehrlich. Aber das hat sich geändert.

Eine Sache, für die ich jetzt an der Schule bekannt bin

1. Ich bin rausgeflogen.

Ich weiß nicht, wie sie davon erfahren hat, aber ein paar Tage nach meinem Besuch in Herrn Laurenz' Büro kam Hannah Krenzler in der Pause zu mir und fragte: »Ist es wahr, dass du nächstes Jahr nicht mehr hier zur Schule gehen darfst?« Als ich ihr erzählte, dass meine Familie umziehen würde, sagte sie: »Ich habe gehört, du wärst rausgeflogen.« In dem Moment klingelte die Pausenglocke, und wir mussten reingehen, darum hatte ich keine Chance mehr, mich zu verteidigen.

Aber das war erst der Anfang.

Fünf Gerüchte darüber, warum ich die Schule verlassen musste

1. Ich ging in das Büro von Herrn Laurenz und beleidigte seine Familie.
2. Ich ging in das Büro von Herrn Laurenz und machte etwas kaputt.
3. Ich ging in das Büro von Herrn Laurenz und fluchte.
4. Ich hatte etwas von Frau Simons geklaut.
5. Ich hielt mich für superschlau und wechselte zu einem Internat für heimliche Genies.

Jedes Mal, wenn ich eins dieser Gerüchte hörte, fehlten mir die Worte. Sie waren total verrückt. Also sagte ich nichts, so wie immer. Ich wurde stiller als jemals zuvor. Und je stiller ich wurde, umso mehr schienen die Leute davon überzeugt zu sein, dass ich ein großes Geheimnis hatte. Je mehr ich versuchte, zu verschwinden, umso wilder wurden die Geschichten um mich.

Am Ende des Schuljahrs wollte ich die meisten meiner Klassenkameraden am liebsten nie wiedersehen. Was ganz praktisch war, da ich ja bald sowieso weit weg ziehen würde.

Die einzige Person, die ich wirklich vermissen würde, war Melli.

Drei Dinge, von denen ich dachte, dass Melli sie sagen würde, als ich ihr von dem Umzug erzählte

1. Du kannst mich nicht verlassen!
2. Du musst hierbleiben!
3. Wenn sie dich zwingen, wegzuziehen, werde ich dich jedes Wochenende besuchen!

Drei Dinge, die Melli tatsächlich sagte, als ich ihr von dem Umzug erzählte

1. Deine Eltern hätten von vornherein niemals lügen sollen.
2. Warum musstest du bei Herrn Laurenz alles ausplappern?

3. Ich kann nicht fassen, dass ihr umziehen müsst, weil du von der Schule geflogen bist.

Drei Dinge, die ich Melli antwortete

1. Ich wollte Herrn Laurenz ja gar nichts erzählen; es war ein dummer Fehler.
2. Wir ziehen NICHT deswegen um! Sondern weil Papa eine neue Stelle hat. (Ich sagte ihr nicht, dass ich so langsam auch davon überzeugt war, dass wir meinetwegen umzogen.)
3. Alle Eltern lügen wegen irgendwas. Deine erzählen dir, dass du seit Jahren den gleichen Goldfisch hast, und ich weiß, dass sie ihn jedes Mal austauschen, wenn der alte stirbt!

Das war ein ziemlich gewagter Schritt für mich. Melli sagte immer zu mir, ich sei so »einfach« (sie meint wohl umgänglich, nehme ich an), und es tat gut, das zu hören. Und es machte mir nichts aus, dass normalerweise Melli diejenige ist, die Pläne für uns schmiedet und Entscheidungen trifft. Sie hatte tolle Ideen.

Die drei besten Ideen von Melli

1. Zweite Klasse: Die Reste von Halloween-Süßigkeiten zerkleinern und in Pfannkuchenteig rühren (Das war an dem Morgen nach unserer ersten Pyjamaparty.)

2. Dritte Klasse: die Naturschutz-Ninjas. Als Mitglieder der Naturschutz-Ninjas liefen wir im Park herum und hielten Ausschau nach verletzten Vögeln, Eichhörnchen und Streifenhörnchen. Wenn wir eins fanden, riefen wir die Parkverwaltung an und meldeten unsere Entdeckung. Wir fanden in der ganzen Zeit nur zwei Tiere, die Probleme hatten (ein Vogel, der nicht fliegen konnte, und ein Eichhörnchen, das zu hinken schien), und die Leute von der Parkverwaltung klangen eher amüsiert als besorgt, doch die Naturschutz-Ninjas haben meistens ziemlich viel Spaß gemacht.

3. Vierte Klasse: das längste Freundschaftsband der Welt. Nachdem Melli bei der Ferienfreizeit gelernt

hatte, wie man Freundschaftsbänder macht, hatte sie die Idee, dass wir ins *Guinnessbuch der Rekorde* kommen könnten, indem wir das längste Band der Welt knüpfen. (Wir mussten herausfinden, ob es überhaupt einen Weltrekord für das längste Freundschaftsband *gab* … unseres war nur knapp einen Meter lang. Wir konnten nicht so oft daran arbeiten, weil wir wieder mehr Hausaufgaben machen mussten.)

Jedenfalls hatten Melli und ich nie Streit, auch wenn das vielleicht komisch ist bei zwei Leuten, die so oft zusammen sind wie wir. Selbst wenn ich mir ihre Ideen nicht immer unbedingt selbst ausgesucht hätte (ich war es ziemlich leid, durch den Park zu laufen und nach verletzten Eichhörnchen zu suchen, die wir nie fanden, und vom vielen Knüpfen hatte ich schon Blasen an den Fingern), kam es mir nie in den Sinn, deswegen einen Streit anzufangen. Mit ihr fühlte ich mich immer sicher. Bis jetzt. Denn nachdem ich die Sache mit dem Fisch herausgeschrien hatte, war sie offensichtlich nicht glücklich.

Jetzt war Melli also auch noch wütend auf mich (und nicht nur auf mich, sondern auf meine ganze Familie). Die Liste der Dinge, für die ich mich schuldig fühlte, wurde länger.

Nur zur Erinnerung:

Fünf Dinge, für die ich mich am Ende der vierten Klasse schuldig fühlte

1. Dass ich meine Eltern vor dem Direktor als Lügner entlarvt hatte
2. Dass ich ein Familiengeheimnis ausgeplappert hatte, weswegen ich ein Jahr vor Ende von der Grundschule flog
3. Dass ich meinem Bruder eine vielversprechende Karriere auf dem Musikgymnasium versaut hatte und damit wahrscheinlich auch seine musikalischen Hoffnungen für den Rest seines Lebens
4. Dass mein Bruder seine Freunde und seine Band verlassen musste
5. Dass ich aus Versehen meine beste Freundin vor den Kopf gestoßen hatte, indem ich verriet, dass ihr Goldfisch nicht das war, wofür sie ihn hielt

Eine Person, die anscheinend nicht so bald bereit ist, mir zu vergeben

1. Theo

Ich glaube, er hat den ganzen Sommer über ungefähr drei Worte zu mir gesagt.

Eine Person, die anscheinend bereit ist, mir zu vergeben

1. Melli

An dem Abend bevor sie zum Sommercamp fuhr, klingelte es bei uns. Es war Melli mit einem ganzen Paket voller Erdnussbutterkekse.

Drei Entschuldigungen von Melli, während wir in meinem Zimmer Erdnussbutterkekse knabberten

1. Es tut mir leid, was ich über deine Eltern gesagt habe.
2. Es tut mir leid, dass ich nicht mehr getan habe, um die verrückten Gerüchte über dich an der Schule zu verhindern. Ich habe es versucht, aber sie haben ein Eigenleben entwickelt.
3. Es tut mir leid, dass ich so sauer geworden bin, als du mir das mit dem Goldfisch gesagt hast. Ich hatte sowieso schon so eine Ahnung.

Zwei Entschuldigungen von mir

1. Es tut mir leid, was ich über den Goldfisch gesagt habe.

2. Es tut mir leid, dass ich Herrn Laurenz erzählt habe, wo ich wohne. Ich wollte das nicht, aber ich weiß, dass ich Mist gebaut habe.

Melli sagte, dafür müsse ich mich nicht entschuldigen. Sie wusste, dass es ein Unfall war.

Ich erzählte ihr, dass wir vielleicht zurück nach Brooklyn ziehen würden, sobald Papas Arbeit an der Autobahn beendet war. Sie sagte: »Na, dann hoffe ich, dass sie da in der Pampa schnell arbeiten.«

Vier Versprechen, die wir uns gaben

1. Wir würden immer beste Freundinnen sein.
2. Wir würden niemals jemand anderen als beste Freundin zulassen.
3. Wir würden unsere Eltern dazu bringen, dass wir uns besuchen konnten.
4. Wir würden uns die ganze Zeit E-Mails oder Briefe schreiben.

Und das war's dann. Melli fuhr früh am nächsten Morgen zum Camp. Ich fragte mich, ob der Abschied für sie genauso merkwürdig war wie für mich. Sie wirkte auf jeden Fall traurig, aber ich war traurig *und* ängstlich obendrein. Wie gesagt, ich hatte mich mit Melli immer sicher gefühlt.

Wie sicher, wurde mir, glaube ich, erst klar, als ich anfing, über ein Leben ohne sie nachzudenken.

Mama hatte keine Sommerpläne für mich gemacht, da wir ja umzogen, und plötzlich kam ich mir vor wie das einzige Kind, das noch in Brooklyn war.

Sieben Dinge, die ich in den Wochen vor unserem Umzug machte

1. Ein Freundschaftsarmband mit einem besonders schönen, ineinander verschlungenen Muster, das ich Melli ins Camp schicken konnte
2. Theo hauptsächlich aus dem Weg gehen
3. Skateboardern dabei zusehen, wie sie im Park bei der Konzertmuschel ihre Tricks übten (War Skateboardfahren in Kleewinkel auch so beliebt? Ich hatte keine Ahnung.)
4. Sooft wie möglich in meiner Lieblingseisdiele »Eisglück« Eis essen
5. Mit Papa auf dem Fahrrad nach Brooklyn Heights fahren, damit wir zur Promenade gehen und versuchen konnten, uns die Skyline von Manhattan einzuprägen
6. Meinen Geburtstag in meinem japanischen Lieblingsrestaurant Ariyoshi feiern, mit scharfem Thun-

fisch- und Lachs-Sushi (Ich versuchte, mir noch mal so richtig den Bauch vollzuschlagen, seit Papa mir erzählt hatte, dass es in der Nähe unserer neuen Stadt wahrscheinlich keine Sushi-Restaurants gab.)

7. Mit Mamas Worten: »Trübsal blasen.« Sie sagte die ganze Zeit, ich solle doch eine andere Freundin als Melli anrufen, aber es gab wirklich niemanden, den ich anrufen wollte. Klar, es gab ein paar Kinder aus der Schule, mit denen ich befreundet war, aber die machten im Sommer alle ihr eigenes Ding (Tagescamps, Ausflüge zum Strand, Kunstunterricht – was ich auch gemacht hätte, wenn wir nicht umziehen würden). Und die Wahrheit war: Melli und ich hatten immer so viel Zeit zusammen verbracht, dass kaum Platz für jemand anders geblieben war. Bis jetzt war das nie ein Problem gewesen.

Vier Dinge, die ich lernte, als ich Kleewinkel googelte

1. Einwohner: 8.432 (Ich fand, dass sich das gar nicht so klein anhörte, bis Papa mir erzählte, dass Brooklyn mehr als 2 Millionen Einwohner hat und dass allein in unserem Stadtteil um die 50.000 Leute leben.)

2. Es rühmt sich selbst als »Klee-Hauptstadt des Nordostens«. (Wer hätte das gedacht?)

3. Jeden Frühling wird dort das Klee-Fest veranstaltet, und die Leute »kommen von nah und fern, um die wunderschöne Schlichtheit des Klees« zu feiern. Interessant. Ich hatte Klee bisher weder als wunderschön noch als schlicht wahrgenommen. Ich hatte ihn überhaupt noch nie wahrgenommen.

4. Nennenswerte Wildtiere: Eichhörnchen, Streifenhörnchen, Füchse, Murmeltiere, Rehe, Truthähne, Waschbären und – schluck – Bären

AUGUST

Sechs Dinge, die wir am Tag, als die Möbelpacker kamen, unter den Möbeln fanden

1. Zwei Büchereibücher, von denen wir gedacht hatten, wir hätten sie verloren (meine)
2. Drei einzelne Drumsticks (von Theo)
3. Eine Schallplatte von den Rolling Stones (Obwohl wir keinen altmodischen Plattenspieler mehr haben, behielt Papa »aus sentimentalen und ästhetischen Gründen« ein paar seiner alten Alben. Er war also superaufgeregt, als diese hier aufgetaucht ist.)
4. Omas spezielles Brotrezept (von Mama)
5. Eine witzige alte Nachricht von Melli, in der sie mich fragt, ob ich bei ihr übernachten will, und mich

warnt, ihr Papa würde so laut schnarchen, dass sie es durch die ganze Wohnung bis in ihr Zimmer hören kann (meine)

6. *Wir sind doch keine Flipperkugeln!*, mein verlorenes Buch aus Frau Simons' Klassenzimmer. Rätsel gelöst.

Drei Dinge, die die Möbelpacker vom Umzugsunternehmen sagten, als sie ankamen

1. Wow, das ist so ein cooler Stadtteil!
2. Die Pampa bei uns ist gar nichts dagegen.
3. Warum wollen Sie überhaupt aus der Großstadt wegziehen?

Bei jeder neuen Frage sah Papa niedergeschlagener aus. Schließlich sagte er: »Kommt schon, Jungs, Kleewinkel ist doch auch toll, oder?« Die Männer wechselten einen kurzen Blick; dann drehte sich einer von ihnen um und öffnete die Rückseite vom LKW. Der andere zuckte die Schultern und sagte: »Es ist nicht mit hier zu vergleichen.«

Acht Dinge, die ich in meinen Rucksack warf, bevor ich mich ins Auto setzte, um Brooklyn zu verlassen

1. Einen Füller
2. Mein Buch der Listen
3. Ein Buch namens *Heimweh* (Mama sagte, sie hätte es als Kind gelesen, und meinte, es sei jetzt vielleicht genau das Richtige für mich.)
4. Drei Müsliriegel
5. Erdnussbutterkekse
6. Einen Zeichenblock
7. Mamas alten MP3-Player (den eigentlich endlich alle »Annies MP3-Player« nennen sollten)
8. Die Nachricht von Melli

Vier Dinge, die Theo auf der siebenstündigen Fahrt nach Kleewinkel zu mir sagte

1. Du sitzt auf meiner Seite von der Rückbank. (Das sagte er ungefähr zehnmal.)
2. Mach deine Musik leiser.
3. Das ist mein Müsliriegel. (War es nicht.)
4. Wach auf. Wir sind da.

Das war mehr, als er den ganzen Sommer über zu mir gesagt hatte.

Acht Dinge, die mir auffielen, als wir in die Stadt fuhren

1. Breitere Straßen und keine parkenden Autos am Fahrbahnrand
2. Viel mehr Bäume als in Brooklyn
3. Auch mehr Kirchen
4. Keine Gehwege
5. Manchmal mussten wir langsamer fahren, weil wir hinter einem Trecker waren.
6. Größere Gärten
7. Briefkästen an den Einfahrten
8. Größere Häuser

Drei Gedanken, die mir zu unserem neuen Haus kamen, als wir vorfuhren

1. Es ist ziemlich alt.
2. Es ist ziemlich hübsch.
3. Es ist ziemlich lila.

Zwei Gründe, warum Mama und Papa uns nicht erzählt hatten, dass das Haus lila war

1. Sie wollten uns überraschen.
   (Hatten sie geschafft.)
2. Sie fürchteten, dass wir es nicht gut finden würden.
   (Ich schon. Theo nicht.)

Vier Beschwerden von Theo über das Haus

1. Die Farbe ist blöd.
2. Die Böden knarren.
3. Es riecht komisch.
4. Es gibt zu viele Treppen.

Sechs Dinge, die Theo in meinem ganzen bisherigen Leben über Häuser gesagt hat

1. Unsere Wohnung ist zu klein.
2. Ich wünschte, wir hätten ein Haus.
3. All meine Freunde haben Zimmer, die größer sind als meins.
4. Hier gibt es keine Privatsphäre.
5. Ich wünschte, wir hätten mehr als ein Stockwerk.
6. Es macht keinen Spaß, mit einem Treppenläufer ohne Treppe zu spielen. (Das hatte er wahrscheinlich seit ungefähr fünf Jahren nicht mehr gesagt, aber trotzdem.)

Als ich Theo an all diese Dinge erinnerte, sprach er zum ersten Mal seit unserer Ankunft mit mir: »Annie. HÖR. AUF. DICH. AN. ALLES. ZU. ERINNERN!«

Vier Wege, wie ich versuchte, ihn aufzumuntern

1. Ich zeigte ihm den Basketballkorb in der Einfahrt.
2. Ich erzählte ihm, dass es im Garten hinter dem Haus einen kleinen Fluss gab.

3. Ich fragte in die Runde: »Ist das ein Apfelbaum?« (War es nicht.)

4. Ich ließ ihn zuerst sein Zimmer aussuchen.

Drei Dinge, warum Theos Zimmer besser ist als meins

1. Es ist größer.
2. Es ist im zweiten Stock, ganz abgeschieden.
3. Es hat einen Zugang zum Kriechboden unter dem Dach.

Drei Dinge an meinem Zimmer, die trotzdem ziemlich cool sind

1. Es hat einen Fensterplatz.
2. An die Decke sind Wolken gemalt.
3. Es ist neben Mamas und Papas Zimmer. (Ich würde es vor Theo nicht zugeben, aber ich bin irgendwie froh, dass in diesem großen, alten, knarrenden Haus meine Eltern direkt nebenan schlafen werden.)

Was Papa an dem neuen Haus liebt

1. Große Küche

Papa kocht gern, darum sagt er, er sei total begeistert von all den Schubladen und der großen Arbeitsfläche. (Wenn er in Brooklyn mal ein großes Essen gekocht hat, hat er sich am Ende überall ausgebreitet, und der Salat trocknete auf dem Heizungsgitter, und gebratenes Gemüse stand zum Abkühlen auf dem Fernsehschrank.)

2. Garten hinter dem Haus
3. Garten vor dem Haus
4. Basketballkorb
5. Einfahrt

Jedes Mal, wenn Papa reinkommt, verkündet er, wie großartig etwas draußen ist, als wäre es ihm gerade erst aufgefallen. (»Was für eine Freude, dass man keinen Parkplatz suchen muss!«, oder: »Ich kann nicht fassen, dass der ganze Rasen da draußen uns gehört!«) Ich habe ihn noch nie derartig von etwas schwärmen hören. Genau genommen schwärmt er so viel, dass ich langsam den Verdacht habe, er tut nur so. (Er weiß nicht, wie oft ich gesehen habe, dass er auf seinem Smartphone den Lokalteil der *New York Times* liest. Oder dass er, sobald er seinen MP3-Player anmacht, zuerst immer »The Only Living Boy in New York« hört.) Er weiß, dass ich mir Vorwürfe mache, weil wir meinetwegen die Großstadt verlassen mussten, und er versucht, vor mir zu verheimlichen, wie sehr er sie vermisst. Er hat bereits Heimweh.

Was Mama an dem neuen Haus liebt

1. So wie Papa ist sie irre begeistert von der größeren Küche.
2. Die Veranda (»Das wird unser Leseplatz!«, sagt sie immer.)
3. Es gibt einen Raum neben der Küche, den sie als Büro benutzen kann. (In Brooklyn hatte sie nur eine Ecke im Wohnzimmer für ihre Arbeit als Designerin. Hier hat sie ihr eigenes Zimmer.)

Sechs Dinge, die Mama und Papa an dem Haus ändern wollen

1. Den alten, muffigen Teppich im Wohnzimmer rausreißen
2. Alle wackeligen Türgriffe ersetzen
3. Ein zerbrochenes Fenster im oberen Stock reparieren
4. Die Fliegengitter an der Veranda reparieren, damit die Mücken nicht überhandnehmen
5. Drinnen alles streichen
6. Das löchrige Dach flicken

Zehn Dinge, die ein Mädchen machen kann, wenn es gerade umgezogen ist und außer seiner Familie noch niemanden kennt

1. Noch mehr Trübsal blasen
2. Theo immer noch aus dem Weg gehen
3. Auf den Baum in unserem Garten vor dem Haus klettern (Wie sich herausgestellt hat, ist es ein Hartriegel.)
4. Auf den Ästen des Hartriegels nach Raupen suchen und sie über meine Arme krabbeln lassen
5. »Viel zu viel fernsehen« (laut meinen Eltern)
6. Bei Mama herumlungern und zugucken, wie sie am Computer etwas designt
7. Mama dabei helfen, mein Zimmer hellblau zu streichen, als sie sagte, ich würde sie noch »zu Tode lungern« (Die Wolken an der Decke haben wir gelassen.)
8. Eine »Auswahl-Liste« für Papa machen, welche Türklinken die wackeligsten sind (Als Papa erst mal seine neue Arbeit angefangen hatte, hatte er unter der Woche nicht mehr viel Zeit für Hauskram. Darum gab er mir solche kleinen Heim-Verbesserungs-Aufgaben.)

9. Mich vor dem ersten Schultag fürchten
10. Mich fragen, ob sich dieser Ort für irgendwen von uns jemals wie zu Hause anfühlen würde

SEPTEMBER

Vier Geräusche, die mich am ersten Schultag weckten

1. Mein Wecker (den ich mit einem Klatsch ausstellte)
2. Theos Wecker (den er anscheinend ignorierte oder überhörte und weiterschlief)
3. Ein gruseliges, metallisches Schleifen, so als würde ein mechanischer Dinosaurier ein Auto fressen
4. Mama, die schrie: »Mach es aus! Mach es aus!«

Fünf Lieblingsgeräusche

1. Ein Zug auf den Gleisen
2. Das »Pling« unseres Computers, wenn ich eine neue E-Mail bekomme
3. Das Springen vom Basketball auf dem Pflaster
4. Wie der U-Bahn-Fahrer unsere Haltestelle in Brooklyn ansagt
5. Wenn Eicheln auf unser Dach fallen

Zwei Dinge, die ich sah, als ich die Treppe runterging

1. Wie Papa Berge von feuchtem gelbem Zeug aus dem Küchenabfluss schaufelte
2. Wie Mama, die supersauer aussah, wütend etwas in ihr Smartphone tippte

Was Mama am meisten nervt

1. Wenn Leute sagen »Das ist mir nicht egal«, obwohl sie in Wirklichkeit meinen »Das ist mir völlig egal«
2. Wenn ich, Theo oder Papa vergessen, Papiertaschentücher aus unseren Taschen zu nehmen, und sie sich in der Wäsche auflösen

3. Wenn man ins Haus kommt und überall auf dem Boden Schuhe herumliegen

4. Autoaufkleber mit der Aufschrift: MEIN KIND IST EIN AUSGEZEICHNETER SCHÜLER

Sechs Dinge, die sie sich als Nächstes ins Gesicht schrien

1. Mama: Ich suche Klempner.

2. Papa: Wir brauchen keinen Klempner. Ich krieg das schon hin.

3. Mama: Wir hatten noch nie einen Abfallzerkleinerer. Du kennst dich damit überhaupt nicht aus.

4. Papa: Was gibt's da schon zu wissen?

5. Mama: Tja, offensichtlich zuerst schon mal, dass man keine Schachtel voller Verpackungschips reinwerfen darf!

6. Papa: Die sollten doch biologisch abbaubar sein!

Vier Dinge, die sie nach einer Pause mit ruhigerer Stimme sagten

1. Mama: Ich rufe einen Klempner an.

2. Papa: Klempner sind teuer.

3. Mama: Das sind Restaurants auch. Und da werden wir essen müssen, wenn unser Abfluss nicht funktioniert.

4. Papa (nach einer noch längeren Pause): Na gut. Ruf einen Klempner an.

Dann bemerkte Mama mich. »Oh, Schätzchen, heute ist dein erster Schultag!«, sagte sie mit einem schwachen Lächeln. »Soll ich dir Frühstück machen?«

Drei Gründe, warum ich sagte: »Ist schon okay. Ich esse nur einen Apfel.«

1. Der Anblick von Dad, wie er schmierige Pampe aus dem Abfallzerkleinerer fischte, war nicht gerade appetitanregend.

2. Ich wollte nicht dableiben und zusehen, wie Mama und Papa sich mit dem Haus herumschlugen. Die Begeisterung, die sie an unserem ersten Tag hier gezeigt hatten, schien etwas nachzulassen.

3. Da es mein erster Tag an einer neuen Schule war, hatte ich sowieso keinen großen Hunger.

Wovor ich mich an meinem ersten Schultag fürchtete

1. Neue Klasse
2. Neuer Lehrer
3. Mehr reden müssen, als ich will
4. Dass der Lehrer mich Andromeda nannte
5. Dass alle meinen Namen komisch fanden
6. Mittagessen
7. Mittagessen
8. Mittagessen
9. Mittagessen

Eine neue Sache, die mir Sorgen machte

1. Mama und Papa sind nicht glücklich über das neue Haus.

Vier Dinge, in denen ich besser bin als andere Kinder

1. Sich an seltsame Kleinigkeiten erinnern, wie bereits bekannt
2. Stricken (dank Tante Pen)

3. Tippen

4. Beidseitig gebratene Spiegeleier machen

Vier Sachen, in denen ich schlechter bin als andere Kinder

1. Seifenblasen machen

2. Tauchen

3. Radschlagen

4. Einhändig Fahrrad fahren

Fünf Sachen, die in meiner neuen Schule anders sind als in meiner Schule in Brooklyn

1. Alles ist ebenerdig.

2. Sie ist neuer.

3. Sie ist nicht eingezäunt.

4. Es gibt eine große Rasenfläche neben dem Schulhof.

5. Sie geht bis zur sechsten Klasse (anstatt bis zur fünften), ich muss also noch ein Jahr länger warten, bis ich zu den Ältesten gehöre.

Eine Sache, die bei meiner neuen Schule genauso ist wie bei meiner Schule in Brooklyn

1. Der Geruch. Ihr wisst schon, wie eine Mischung aus Kleber und Tonpapier und Bleistiftspänen und Badreiniger. Ich frage mich, ob jede Schule im Land so riechen muss.

Sieben Fragen von Frau Silva, der Beratungslehrerin der Schule, bei unserem »Neue Schüler«-Gespräch

1. Du hast also in Brooklyn gelebt?
2. Was führt deine Familie nach Kleewinkel? [Antwort: Mein Vater hat eine neue Arbeitsstelle bekommen. (Außerdem sagen meine Eltern, dass das Leben in einer Kleinstadt Theo und mir eine »Kindheit in Freiheit« ermöglicht. Aber davon habe ich Frau Silva nichts erzählt, denn ich hasse es, wenn meine Eltern das sagen. Es klingt so, als wären wir Hühner. Und natürlich erzählte ich Frau Silva nichts von meiner Theorie, dass wir eigentlich wegen meiner großen Klappe und meines Riesenfehlers umziehen mussten.)]
3. Was ist dein Lieblingsfach in der Schule? (Antwort: Schreiben)
4. Welches Schulfach magst du am wenigsten? (Antwort: Sport, außer wir spielen Basketball)

5. Hast du Hobbys? [Antwort: Briefmarken sammeln. (Aber nicht wirklich. Ich hasse es, wenn Leute mich nach meinen Hobbys fragen, denn es kommt mir so vor, als würde ich sie enttäuschen oder durcheinanderbringen, wenn ich sage: »Listen machen.« Darum sage ich das Erste, was mir in den Sinn kommt, wenn ich das Wort »Hobby« höre, und das ist: »Briefmarken sammeln.« Ich glaube, ich habe drei Briefmarken.)]

6. Hast du irgendwelche besonderen Talente? (Antwort: Ich kann gut schreiben.)

Was ich nicht sagte: Ist es ein besonderes Talent, ein verrücktes Gedächtnis für alle möglichen Informationen zu haben? Und was ist, wenn man sich so gut einfügen kann, dass Leute sogar vergessen, dass man da ist? Ist das ein Talent? Wenn ja, dann sind das meine. Vermutlich könnte ich mit diesen Fähigkeiten eines Tages eine gute Spionin werden. Aber im Moment will ich keine Spionin sein. Was mich zu Frau Silvas nächster Frage führt …

7. Was möchtest du dieses Jahr erreichen? (Antwort: Ich möchte beim Lösen von Matheaufgaben schneller werden.)

Drei Dinge, die ich Frau Silva nicht erzählte, aber die ich wirklich dieses Jahr erreichen möchte

1. Ein ganz normales Kind sein, das nicht auffällt und nicht zu viel bemerkt oder behält oder die falschen Dinge sagt

2. Dass meine Familie in Kleewinkel glücklich wird, damit es sie nicht länger interessiert, dass sie meinetwegen aus Brooklyn wegziehen mussten

3. Mindestens zwei neue Freunde in meiner neuen Schule finden (Ich werde nie jemanden treffen, der so toll ist wie Melli, aber ich werde das Gefühl nicht los, dass es sicherheitshalber mehrere sein sollten. Ersatzfreunde sind bestimmt gut für den Fall, dass mal etwas schiefgeht.)

Ich weiß, dass das eine Herausforderung wird. Wie soll ich neue Freunde finden, wenn ich gleichzeitig unsichtbar bin? Aber ich will nicht mich selbst – oder jemand anderen – in Schwierigkeiten bringen, so wie in Brooklyn.

Wege, ein normales Kind zu sein, nicht aufzufallen und gleichzeitig neue Freunde zu finden

Okay, ich habe keine Ahnung. Wenn mir auch nur eine Sache einfallen würde, die ich auf diese Liste schreiben könnte, dann hätte ich das wahrscheinlich schon in Brooklyn getan … und wäre wegen des ersten Schultags hier nicht so nervös.

Drei Dinge, die am ersten Tag besser hätten laufen können

1. Mein Lehrer, Herr Albert, hätte mich als Annie vorstellen können, anstatt Andromeda zu sagen.
2. Alle hätten den Mund halten können, anstatt zu fragen: »Hä? Was hat er gesagt? *Wie* heißt sie?«
3. Als ich sagte: »Nennt mich einfach Annie«, hätte meine Stimme lauter als das Flüstern sein können, das ich rausbrachte.

Wenn ich mir einen Namen aussuchen könnte, würde ich nehmen …

1. Mia
2. Lulu
3. Vanessa
4. Bienchen

Vier Dinge, die am ersten Tag schlechter hätten laufen können

1. Herr Albert hätte uns selbst Tische aussuchen lassen können. Doch er teilte uns Plätze zu (ich musste mir also keine Sorgen darum machen, dass jemand zu mir sagte, er würde den Platz für jemand anderen frei halten).

2. Herr Albert hätte darauf bestehen können, mich Andromeda zu nennen, wie manche Erwachsene es tun. Aber er hatte zugehört, als ich geflüstert hatte, er solle mich Annie nennen.

3. Mama hätte eine peinliche, kitschige Nachricht in meinen Rucksack stecken können, so wie sie es manchmal getan hatte, als ich noch jünger war. Stattdessen hatte sie nur einen kleinen Schokoriegel eingepackt, auf dessen Papier ein winziger Smiley aufgemalt war.

4. Ich hätte beim Mittagessen ganz allein sitzen können. Doch ich lernte Zora kennen.

Elf Dinge, die ich über Zora erfuhr

1. Sie schreibt witzige Nachrichten, wie die, die sie mir heute Morgen beim Unterricht über den Gang

reichte: »Hat der Lehrer gesagt, sein Name ist Herr Albert oder Herr Alibert?«

Nachdem ich das gelesen hatte, schaute ich mich etwas nervös um. Am ersten Schultag eine Nachricht über den Lehrer weiterzugeben, ist ziemlich mutig. Ich malte schnell ein Bild von einer Glühlampe und schrieb dazu: »Albert, wie Einstein!«, dann gab ich sie ihr zurück.

2. Sie findet mich auch witzig. (Sie kicherte, als sie meine Antwort las.)
3. Sie ist klug. Herr Albert ließ uns Paare bilden, damit wir uns Vorschläge für Klassenzimmerregeln überlegten, und sie hatte einige gute Ideen (zum Beispiel, unsere Hände mit verschiedenen Zeichen zu heben, um verschiedene Dinge anzuzeigen – ein Finger hoch für: »Ich will etwas sagen«, zwei Finger hoch für: »Ich habe eine Frage« usw.).

4. Sie versuchte nicht, mich ständig zum Reden zu bringen. Als ich ihr sagte, dass ich unsere Regeln nicht vor der Klasse vorstellen wollte, sagte sie: »In Ordnung. Du kannst ja Notizen machen.«

5. Sie ist nicht schüchtern. Als ich in die Schulmensa ging, sah sie, wie ich nach einem Platz suchte. Da wedelte sie wie verrückt mit den Armen und brüllte: »Annie! Komm, setz dich hierher!«

6. Sie ist Pescetarierin. Das heißt, sie isst nur Fisch, keine anderen Tiere.

7. Sie hat eine Katze ohne Schwanz. Niemand weiß, wie das passiert ist.

8. Sie hat einen älteren Bruder, der in der gleichen Stufe ist wie Theo, und einen jüngeren Bruder, der sechs ist.

9. Ihre Mama ist in Kleewinkel aufgewachsen.

10. Ihr Papa ist aus Jamaica.

11. In den Winter- und Sommerferien fährt sie nach Jamaica, um ihre Großeltern zu besuchen, die noch dort leben.

Drei andere Kinder an Zoras Esstisch

1. Charlie (zeichnet gern Star-Wars-Figuren, trug heute Morgen vor der Schule einen Filzhut und eine Sonnenbrille)
2. Elias (redet *superviel* über Lego)
3. Amelie (lacht über alles, was Zora sagt, hat eine herzförmige Brotdose)

Vier Dinge, die Amelie machte und bei denen ich mich seltsam fühlte

1. Wechselte das Thema, als Zora mich vorstellte
2. Sah immer alle außer mich an, wenn sie redete
3. Verdrehte die Augen, als ich sagte, dass Herr Albert ganz nett zu sein schien
4. Bot den anderen Kindern Kekse an, schaute dann zu mir und sagte: »Tut mir leid, mehr habe ich nicht. Ich wusste ja nicht, dass noch jemand an unserem Tisch sitzen würde.«

Vier weitere nicht so tolle Dinge am ersten Tag

1. Ich bog auf dem Weg zur Toilette falsch ab, und ein Drittklässler musste mir die richtige Richtung zeigen.

2. Noch drei Leute nannten mich Andromeda (der Sportlehrer, die Schulsekretärin und die Krankenschwester, als ich eine ärztliche Bescheinigung abgab, die meine Eltern vergessen hatten).
3. Ich wusste nicht, dass es nachmittags eine Pause gab, darum hatte ich nichts zum Essen mitgebracht.
4. Ich dachte ständig an Melli und fragte mich, was sie wohl gerade in Brooklyn machte.

Noch drei quasigute Dinge am ersten Tag

1. Zora teilte ihren Snack (Brezeln und Hummus) mit mir.
2. In unserem Klassenzimmer gibt es eine Eidechse namens Harry.
3. Ich habe mich nur das eine Mal verlaufen.

Neun Fragen, die Mama mir stellen musste, bevor ich ihr alle Einzelheiten meines Tages erzählte

1. Wie war's in der Schule?
2. Magst du deinen Lehrer?
3. Wie waren die anderen Kinder?

4. War es wirklich so anders als in Brooklyn?
5. Wie sind deine Klassenkameraden?
6. Mit wem hast du beim Mittagessen zusammengesessen?
7. Worüber habt ihr beim Mittagessen gesprochen?
8. Waren diese Kinder alle schon befreundet?
9. Alle Kinder waren also nett?

Schließlich sagte ich zu ihr: »Die meisten Kinder waren nett. Aber ein Kind, Amelie, war irgendwie arrogant.« Ich erzählte ihr von den Keksen.

Mamas Liste von Situationen, in denen Leute gemein zu ihr waren

1. Als sie sechs war, schubste ein großes Kind sie an der tiefen Seite des Schwimmbeckens ins Wasser, und sie geriet in Panik, weil sie keine gute Schwimmerin war. Der Bademeister fischte sie heraus und schrie sie an, weil sie auf der tiefen Seite war, obwohl sie noch keine Schwimmprüfung gemacht hatte.
2. Als sie neun war, ließen ein paar Mädchen aus ihrer Klasse sie nicht Mitglied in ihrem Geheimklub werden.

3. Als sie zehn war, musste sie sich am Hut- und Sonnenbrillentag der Schule die Sonnenbrille ihrer Mutter ausleihen (weil sie keine eigene hatte), und ein Mädchen aus ihrer Stufe machte sich über sie lustig, weil sie so uncool war.

4. Als sie dreizehn war, sagte ein Junge zu ihr, er würde auf dem Schulball nicht mit ihr tanzen, weil sie zu groß sei.

Nachdem ich diese Liste gehört hatte, fühlte ich mich ein bisschen besser wegen Amelie. Aber Mama tat mir auch ziemlich leid.

Eine Sache, die Theo Mama über seinen ersten Schultag erzählte (bevor er in sein Zimmer ging und die Musik aufdrehte)

---

1. Es ist anders.

Drei Dinge, die ich Melli an diesem Nachmittag in einer E-Mail schrieb

---

1. Den Namen meines Lehrers

2. Die Namen der Kinder, mit denen ich zusammengesessen hatte

3. Dass ich die neuen Kinder ganz nett fand, aber jetzt schon wusste, dass sie nicht so witzig waren wie sie

Ich wusste nicht, ob der letzte Teil stimmte – es war wirklich noch zu früh, um zu wissen, wie witzig jemand war. Aber Melli sollte nicht denken, dass ich Gefahr lief, eine neue beste Freundin zu finden.

Sieben Arten, auf die sich meine neue Stadt von meiner alten unterscheidet

1. Die Leute fahren fast überallhin.
2. Es gibt hier keinen Zug.
3. Es gibt keine Großstadt in der Nähe.

4. Ich hatte recht – es gibt hier mehr Käfer. Genau wie Spinnen in unserem Keller. Und ich habe jemanden über Schlangen reden hören, darum hüte ich mich auch davor. Bis jetzt keine Bären.

5. Ich nehme den Bus zur Schule, anstatt zu laufen.

6. Die meisten Leute hier sind weiß, und anscheinend gibt es viel weniger Leute mit anderer Hautfarbe. Oder Leute aus anderen Ländern. Oder mit anderer Religion. (»Ja, es ist ziemlich homogen«, sagte Mama seufzend, als ich ihr erzählte, dass Zora und ihr Bruder einige der wenigen schwarzen Kinder in der Schule seien.)

7. Es gibt andere Regeln.

Drei Regeln in meiner neuen Stadt, die in meiner alten Stadt nicht galten

1. Alle Erwachsenen mit Herr oder Frau ansprechen, selbst wenn es keine Lehrer sind.

2. Hunde müssen nicht an der Leine gehen. (Ich nehme an, das ist das Gegenteil einer Regel; es ist wie eine Un-Regel. Sie laufen einfach in der Gegend herum, wie es ihnen gefällt.)

3. Den Hut abnehmen, wenn man drinnen ist. (Das ist extrem schwierig für Theo, der die Baseballkappe seiner Lieblingsmannschaft vergöttert.)

Drei Dinge, mit denen Theo mich jeden Tag nach der Schule auf die Palme bringt

1. Das Trommeln. Ehrlich. (Sein Zimmer ist direkt über meinem, und er macht ununterbrochen Krach.)
2. Den Basketballkorb in Beschlag nehmen, wenn er Freiwürfe übt
3. Das Alphabet rülpsen

Zwei Gründe, warum Mama sagt, dass ich Geduld mit Theo haben müsse

1. Er ist in einem »schwierigen Alter«.
2. Er hatte viele Freunde in Brooklyn, und er hat »hier noch nicht wirklich Kontakte geknüpft«. (Ich würde dann am liebsten sagen: »Ich hatte auch Freunde in Brooklyn!« Ich meine, hauptsächlich Melli, aber trotzdem. Ist ja nicht so, als ob der Umzug für mich leicht gewesen wäre. Selbst wenn es meine Schuld war. *Besonders*, da es meine Schuld war.)

Vier Arten, wie Mama und Papa versuchen, Theo zu beschäftigen

1. Uns auf Gratiskonzerte ins Stadttheater mitnehmen, bei denen sich Theo immer darüber beschwert, das sei »nur ein Haufen alter Kerle, die Banjo und Tuba spielen«

2. Schlagzeugunterricht bei einem Mann namens Herrn Klopfer (Genau genommen war das in diesem Jahr ihr Geburtstagsgeschenk für Theo, kurz nach dem Umzug. Ich glaube, sie haben gehofft, das wäre eine gute Möglichkeit für Theo, um andere Leute kennenzulernen, aber wie sich herausgestellt hat, ist er der Einzige im Unterricht. Papa sagt ständig, was für ein genialer Name Klopfer für einen Schlagzeuglehrer sei; Theo sagt ständig, er sei nur ein weiterer alter Kerl, der ihn nicht genug »Riffs« spielen lasse.)

3. Ihm Gartenarbeit aufbrummen (Theo hat darauf hingewiesen, dass einige Kinder dafür bezahlt werden, wenn sie den Rasen mähen und Büsche schneiden. Papas Antwort: »Was für ein Glück, dass du es umsonst für uns machst!«)

4. Ihn Wäsche zusammenfalten lassen. Er ist nicht gerade Experte darin. (Ich weiß, dass er Wäschedienst hatte, wenn ich am nächsten Tag Socken und Unterwäsche in meinen Ärmeln und Hosenbeinen finde.)

Die drei Dinge in meiner Schule, die ich am wenigsten mag

1. Die Diskussionsrunde beim Morgenkreis (siehe oben: »Vier Gründe, warum ich still bin«)
2. Mündliche Präsentationen
3. Kickball

Wir haben in Brooklyn nie wirklich Kickball gespielt. Da spielten die Kinder Mauerball oder Völkerball, und wenn ich konnte, hing ich normalerweise sowieso lieber mit Melli ab und malte mit Straßenkreide. Aber die Wahrheit ist: Selbst wenn ich mein ganzes Leben lang auf irgendeiner ernstzunehmenden Kickball-Akademie trainiert hätte, wäre ich mit ziemlicher Sicherheit immer noch furchtbar schlecht in diesem Spiel.

Fünf alltägliche Dinge, die mich wahnsinnig machen

1. Porzellanpuppen
2. Spielzeugclowns
3. Dosenöffner
4. Scheuerschwämme
5. Kickball

Acht Dinge, die während eines durchschnittlichen Kickballspiels an meiner neuen Schule passieren

1. Wenn einer der stärksten Spieler (zum Beispiel Charlie oder Scarlett) vortreten, um zu schießen, ruft der Star-Pitcher Boris Segler: »Alle zurück!«

2. Alle Kinder im Spielfeld weichen um die 15 Meter zurück, bis zum Rand des Schulhofs. Denn die stärksten Spieler haben mächtig viel Schusskraft, die den Ball bis in den Orbit schickt.

3. Nachdem der Ball in den Orbit geflogen ist, jubelt die ganze Mannschaft.

4. Wenn ich dran bin, ruft Boris: »Es ist Annie.« (Ich muss zugeben, das ist besser als: »Es ist die Neue!«, denn das sagte er die ersten paar Schultage.)

5. Die Kinder auf dem Spielfeld rennen alle nach vorn und bilden ungefähr drei Meter vor mir einen Halbkreis. (Denn ich habe *nicht* mächtig viel Schusskraft.)

6. Ich schieße, der Ball fliegt knapp einen Meter weit, und jemand fängt ihn sofort und wirft mich ab.

7. In meiner Mannschaft jubelt niemand, klar. (Die Kinder aus der anderen Mannschaft jubeln ein bisschen.)

8. Ich gehe zurück zur Bank und setze mich neben die einzige andere Person in der Klasse, die anscheinend auch kein Interesse an Kickball hat, ein Mädchen namens Kathi.

Zwei andere Dinge, die mir bei den Kickballspielen aufgefallen sind

1. Charlie jubelt bei Zora besonders begeistert. Er jubelt so sehr, dass ich mich langsam frage, ob er in sie verknallt ist.
2. Kathi summt immer auf der Bank.

Vier Dinge über Kathi

1. Summt viel
2. Trägt eine Brille
3. Scheint ihr egal zu sein, was sie in der Mittagspause macht (mal sitzt sie bei Zora und Amelie und mir, mal bei Scarlett und ihrer Zwillingsschwester Fine, mal hilft sie Frau Otis, der Bibliothekarin, Bücher einzusortieren)
4. Liest im Schulbus immer ein Buch, und es scheint ihr auch egal zu sein, wo sie sitzt.

Zwei der peinlichsten Momente meines Lebens (vor dem Kickballspiel heute)

1. Als meine Erzieherin, Frau Glocke, mich nach der Schule auf dem Rücksitz des Autos am Daumen lutschen sah

2. Als ich in der Schlange an der Post das Bein eines Fremden umarmte, weil ich fälschlicherweise dachte, er wäre mein Papa

Mein einziger peinlichster Moment (nach dem Kickballspiel heute)

1. Als nach einem Schuss Unterwäsche aus dem Bein meiner Jeans flog

Zwölf Ereignisse, die zum Vorfall der fliegenden Unterwäsche führten

1. Meine Jeans hatte sich schon den ganzen Morgen unbequem angefühlt, besonders am linken Bein. Ich erwähnte das bei Mama, und sie sagte, ich sei wahrscheinlich bloß herausgewachsen, aber ich hätte keine Zeit mehr, mich umzuziehen, wenn ich den Bus noch erwischen wolle.

2. Wie immer spielten wir nachmittags Kickball.

3. Als ich mit Schießen an der Reihe war, lief das Team vom Spielfeld auf mich zu, wie immer.

4. Ich rannte auf den Ball zu und bekam ausnahmsweise einen kräftigen Schuss hin!

5. Der Ball flog hoch, hoch, hoch in die Luft … und etwas anderes auch.

6. Ausgerechnet, als ich mich über den besten Schuss aller Zeiten irre hätte freuen sollen, entdeckte ich entsetzt, warum sich meine Jeans den ganzen Tag so komisch angefühlt hatte: Etwas steckte darin fest. Es war eine gepunktete Unterhose, die in meinem Jeansbein eingeklemmt gewesen war – dank dem schlechtesten Wäschefalter der Welt, meinem Bruder Theo. Doch die Unterwäsche steckte nicht mehr fest! Nein, sie segelte durch die Luft … direkt in die wartenden Hände des Star-Pitchers Boris Segler.

7. Boris fing an zu brüllen: »Unterwäsche! Ih, das ist Unterwäsche! *Mädchen*unterwäsche!«

8. Obwohl es völlig überflüssig war, ihm zu sagen, dass die Unterwäsche sauber war, versuchte ich es trotzdem. »Oh, tut mir leid; die war wohl in meine Jeans geknüllt. Sie ist nicht schmutzig«, sagte ich.

9. Boris warf die Unterwäsche auf den Boden und fing an, nach Desinfektionsmittel zu rufen.

10. Alle anderen bogen sich vor Lachen.

11. Das heißt, alle außer der superkonzentrierten Angela Hävelmann, die sich den Ball schnappte und damit zur ersten Base rannte, sodass ich raus war.

12. Ich holte meine Unterwäsche zurück, schlich mich zu meinem Platz auf der Bank neben der summenden Kathi und nahm mir vor, meinen Bruder zu erwürgen.

Zwei Leute, die nach dem Fiasko der fliegenden Unterhose versuchten, mich aufzumuntern

1. Kathi (Sie sagte, Boris mache immer so ekelige Sachen, zum Beispiel in der Nase bohren und es unter seinem Tisch abwischen, darum fand sie, dass er den Unterwäsche-Angriff verdient hätte.)

2. Zora (Nach dem Spiel kam sie zu mir, legte mir den Arm um die Schultern und sagte: »Annie, du hast vielleicht ein neues Spiel erfunden: Fang die schmut-

zige Wäsche!« Als ich darauf bestand, dass es saubere Wäsche war, sagte sie: »Ich weiß, ich weiß. Ich bin einfach nur froh, dass jemand zur Abwechslung mal *Boris* angeekelt hat.«)

Eine Person, die das Fiasko der fliegenden Unterwäsche offensichtlich nie vergessen wird

1. Amelie, die so heftig lachte, dass ihr die Tränen kamen, und herausplatzte: »Das werde ich nie vergessen!«

Eine Person, die schließlich dafür sorgte, dass ich mich trotz der demütigenden Situation etwas besser fühlte

1. Melli

Anstatt zu Hause direkt zur Vorratskammer zu gehen und mir einen Snack zu holen, sagte ich zu Mama, dass ich Melli anrufen müsse.

Drei Dinge, mit denen Melli mich zum Lachen brachte, nachdem ich ihr die Unterhosen-Geschichte erzählt hatte

1. Du solltest ihnen einfach erzählen, dass wir das so in Brooklyn spielen. Nenn es Slip-Ball.

2. Du solltest Theos Unterwäsche verstecken, wenn er das nächste Mal unter der Dusche ist.
3. Das ist noch lange nicht so schlimm wie damals, als ich im *Nussknacker* eine Schneeflocke gespielt und mir auf der Bühne ins Trikot gemacht habe.

Sie hat recht, das war es nicht. Und obwohl sie mich aufmunterte, vermisste ich sie nach unserer Unterhaltung nur noch mehr.

Und ich war immer noch stinkwütend auf Theo.

Zwei Dinge, die ich zu Theo sagte, als ich nach Hause kam

1. Du hast die Wäsche durcheinandergebracht!
2. Beim Kickball ist eine Unterhose aus meinem Hosenbein geflogen, und das war deine Schuld!

Zwei Dinge, die Theo erwiderte

1. Das ist das Lustigste, was ich je gehört habe!
2. Falte deine dämliche Wäsche selbst, wenn es dir nicht passt, wie ich es mache.

Wie die Unterhaltung von da an immer schlimmer wurde

1. Ich warf Theo vor, dass er ein totaler Langweiler sei, der immer nur zu Hause hocke und herummosere, weil er keine Freunde habe.

2. Theo sagte, es sei meine Schuld, dass wir in diese dumme Stadt gezogen sind, wo er keine Freunde habe und nicht zur Musikhochschule gehen könne.

3. Ich sagte ihm, dass er im Schlagzeugspielen nicht mal richtig gut sei und dass er hier Freunde finden würde, wenn er nicht so faul wäre.

4. Er sagte, Zora sei nur meine Freundin, weil ich ihr leidtun würde.

5. Mama hörte uns brüllen und befahl uns, aufzuhören.

6. Theo schrie: »Ich falte ihre Wäsche nicht mehr!«

7. Mama sagte: »Na gut.«

8. Theo ging nach draußen, um Körbe zu werfen, und knallte die Haustür hinter sich zu.

Da ergriff ich meine Chance, um einen verbotenen Ort zu erkunden: den Kriechboden über Theos Zimmer.

Dinge, die ich in Theos Kriechboden erwartet hätte

1. Zeug, das er mich nie anrühren lässt, zum Beispiel sein iPad und die Bongos, die er bei einem Straßenfest in unserem früheren Stadtteil gekauft hat
2. Alte CDs, die Onkel Daniel ihm gegeben hat (deren Liedtexte Mama unangemessen findet)
3. Geld

Drei Dinge, die tatsächlich in Theos Kriechboden waren

1. Spinnen
2. Sein Plüschdinosaurier Hieronymus, von dem ich dachte, er hätte ihn verschenkt
3. Eine Kiste mit alten Papieren, die Mama und Papa dort verstaut hatten

Drei langweilige Sachen in der Kiste mit alten Papieren

1. Steuerformulare (gähn)
2. Rechnungen (schnarch)
3. Ein Ordner mit der Beschriftung ABSCHRIFTEN/ ZUSAMMENFASSUNGEN (megalangweilig)

Zwei süße Sachen in der Kiste mit alten Papieren

1. Alte Schulfotos von Theo und mir
2. Unsere Kindergartenkunstwerke

Eine verwirrende Sache in der Kiste mit alten Papieren

1. Ein Brief von Papas alter Firma in Brooklyn, adressiert an Papa, auf dem oben das Wort »Abfindungsvereinbarung« stand

Zwei Dinge, an die ich bei dem Wort »Abfindung« denken muss

1. Ein altes Sprichwort von meiner Oma: Wer suchet, der findet!
2. Pettersson und Findus

Ich bin ziemlich sicher, dass dieser Brief weder mit dem einen noch mit dem anderen etwas zu tun hat, trotzdem klingt das Wort nicht gut. Ich würde ja Theo fragen, ob er weiß, was das bedeutet, aber wir reden gerade nicht miteinander. Außerdem soll er nicht wissen, dass ich in »seinem« Dachboden war. Aber ich weiß, dass ich mich an diesen Brief erinnern werde.

Meine neun Lieblingswörter, einfach so

1. morbide
2. Laterne
3. Gestöber
4. Henne
5. schmachten
6. Hängematte
7. wollig
8. Sturm
9. hundeelend

Sechs Wörter, die ich am wenigsten mag

1. Toilette
2. Hausarbeit
3. zufällig
4. Grizzly
5. klamm
6. köstlich

OKTOBER

Fünf Herausforderungen für ein neues Kind an der Schule (neben den offensichtlichen, wie einen Platz beim Mittagessen und Freunde finden)

---

1. Sich nicht verlaufen, wenn man zur Schulkrankenschwester gehen oder etwas zu einem anderen Lehrer bringen muss. (Bis jetzt bin ich darin nicht besonders gut; offensichtlich habe ich einen schrecklichen Orientierungssinn.)

2. Herausfinden, wer wer ist. (In der Klasse neben meiner sind zwei Mädchen, die Molly und Maggie heißen. Den ganzen September lang dachte ich, Molly wäre Maggie und andersrum. Frustrierend für jemanden, der es gewohnt ist, alle zu kennen.)

3. Versuchen, nicht zu unbeholfen auszusehen, wenn andere Kinder superaufgeregt sind und »berühmte« Lehrer grüßen, die sie gut kennen. (An meiner alten Schule gab es die auch – die Lieblingserzieherin, den witzigen Sportlehrer, den coolen Kunstlehrer usw.)

4. Nicht die unausgesprochenen Regeln für Schulveranstaltungen brechen, wie zum Beispiel den Pyjamatag (ein T-Shirt mit Flanellhose tragen, *kein* Nachthemd; zum Glück lag ich damit richtig) und das Herbstfest (die Hüpfburg ist für die Kleinkinder; Fünftklässler gehen ins Maislabyrinth).

5. Etwas finden, das man am Wochenende tun kann.

An Wochenenden in Brooklyn bin ich entweder mit meinen Eltern in ein Museum oder zu einem Konzert gegangen, habe mich mit den Freunden meiner Eltern und deren Kindern zum Essen getroffen, ein Picknick im Park gemacht oder bei Melli übernachtet. Manchmal auch alles zusammen. Aber hier müssen wir uns erst noch einleben. Ich habe gehört, wie andere Kinder sich über Pyjamapartys unterhalten haben, aber ich habe mich noch mit niemandem eng genug angefreundet, um ihn einzuladen. Und mich hat auch noch niemand eingeladen. Darum hockt unsere Familie am Wochenende meistens aufeinander.

Die fünf Lieblingsbeschäftigungen meiner Eltern an Herbstwochenenden in Kleewinkel

1. »Antiquitäten« kaufen. (Obwohl unser neues Haus nicht riesig ist, ist es immer noch viel größer als unsere alte Wohnung. Was bedeutet, dass wir viele Ecken haben, in denen keine Möbel stehen. Aber neue Möbel sind teuer, darum gehen wir zu Läden, die altes Zeug verkaufen. Mama sagt, das seien Antiquitäten; Papa nennt es Ramsch. Egal, sie finden fast nie irgendwas, das »ihren Preisvorstellungen entspricht«, doch ich weiß, das ist nur ihre Art zu sagen, dass selbst altes Zeug für uns zu teuer ist.) Wenn ich genauer darüber nachdenke, dann sind diese Einkaufstouren vielleicht nur eine von Mamas Lieblingsbeschäftigungen. Denn Papa ist am Ende meistens ziemlich still, und wenn wir nach Hause kommen, geht er sofort für eine Weile zu seinem MP3-Player und setzt sich die großen Kopfhörer auf.

2. Die »Herbstfarben bewundern«. (Ich weiß nicht, warum man das so nennt, wenn man einfach nur herumfährt und sich die Farben der Blätter im Herbst anguckt. Es ist ja nicht so, als ob man sich vor die Blätter stellen und »Ah!« und »Oh!« rufen würde. Ich wies Mama mal bei einer unserer Fahrten darauf hin und sie sagte, wahrscheinlich würden die Leute sich einfach nur gern Redewendungen für etwas ausden-

ken. Da sagte ich, dass »Herbstfarben bewundern« nicht gerade eine Redewendung sei, und sie seufzte: »Du hast mich überzeugt, Annie. Es ist ein Rätsel.« Offensichtlich wollte sie nicht darüber reden. Meine Eltern wollen meistens über gar nichts reden, wenn wir losfahren, um die Herbstfarben zu bewundern. Mama sagt, es sei »meditativ«, ganz still herumzufahren und die Bäume anzuschauen. Ich frage mich, ob sie darüber meditiert, wie schwer das Leben geworden ist, seitdem wir meinetwegen umziehen mussten. Aber die Frage stelle ich nicht.)

3. Blätter zusammenharken

4. Theo und mich dazu verdonnern, Blätter zusammenzuharken, wenn sie müde werden

5. Immer wieder in der Luft herumschnüffeln und sagen: »Es riecht nach Herbst!«

Theos Lieblingsbeschäftigung an Herbstwochenenden in Kleewinkel

1. Lange Fahrradtouren machen, die anscheinend immer dann losgehen, wenn Mama und Papa uns gerade sagen wollen, dass wir Blätter zusammenharken sollen.

Eine Sache, die Theo verpasste, als er auf einer langen Fahrradtour war

1. Wie Papa fast vom Dach fiel

Zwei Dinge, die Papa im wahrsten Sinne des Wortes fast zum Verhängnis wurden

1. Er überprüfte eine Stelle auf dem Dach über Theos Zimmer, wo er einen Wasserschaden vermutete. (Mama wollte einen Dachdecker rufen, aber Papa bestand darauf, es selbst zu erledigen.)
2. Als er zur Spitze kletterte, verlor er den Halt und rutschte bis zur Dachkante hinunter. Dort stellte er seine Fersen auf und stoppte gerade noch rechtzeitig vor dem Herunterfallen (aber nicht mehr rechtzeitig vor einer Regenrinne, die er heruntertrat, sodass ein Sturzbach aus stinkenden, nassen Blättern auf unsere Treppe vor dem Haus prasselte).

Eine Unterhaltung, die folgte

1. Mama: ES REICHT! Ich rufe einen Dachdecker.
2. Papa (der mit einem Lächeln sein Gesicht zu wahren versuchte): Puh, okay! Ich schätze, jetzt steht es Haus gegen Papa: 1:0.

Ich beschloss, ihn nicht darauf hinzuweisen, dass der Punktestand des Hauses eigentlich viel höher sein müsste, wenn man den verstopften Abfallzerkleinerer dazuzählte, das Fenster, das letzte Woche auf seine Hand geknallt war, und den Badezimmerspiegel, den er aus Versehen von der Wand gerissen hatte, weil er dachte, es wäre die Tür eines Medizinschranks. Armer Papa!

Was ich am Herbst in Kleewinkel am schönsten finde

1. Bis jetzt: die Blätter. Ich muss zugeben, dass sic ziemlich toll sind. Die Bäume in der Stadt hatten nie solche Farben wie diese hier. Das Harken ist stinklangweilig, aber ab und zu finde ich so ein perfektes Blatt, dass ich es aufbewahre und zwischen den Seiten unseres riesigen alten Wörterbuchs presse.

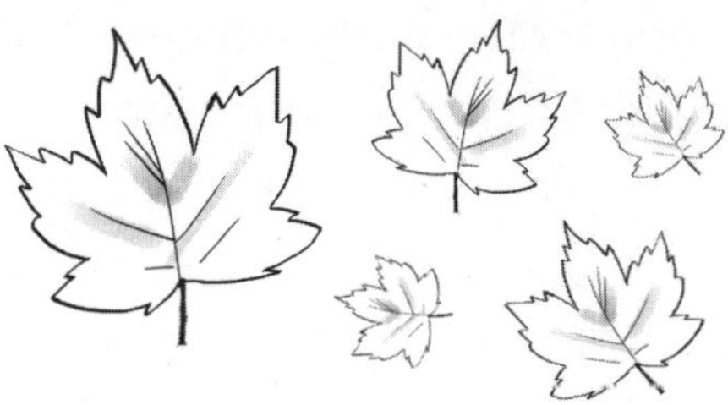

Lieblingsbeschäftigung für alle anderen Leute aus Kleewinkel

1. Football (insbesondere freitagabends das Footballteam an der Highschool anfeuern)

Anzahl der Footballspiele, die ich vor unserem Umzug gesehen hatte

1. Null

Football war einfach keine große Sache in Brooklyn. Ich meine, manchmal hat Papa es sonntags im Fernsehen geguckt, aber er war nicht gerade ein Superfan. Und mir war es völlig egal. (»Superfan« ist ein Wort, das ich kürzlich gelernt habe. Viele Leute hier sind Superfans.)

Anzahl der Footballspiele, zu denen die meisten Leute in Kleewinkel im Laufe eines Jahres gehen

1. Fünf, wenn man ein einfacher Fan ist und nur zu den Heimspielen geht
2. Zwölf, wenn man ein Superfan ist und zu ALLEN Spielen geht

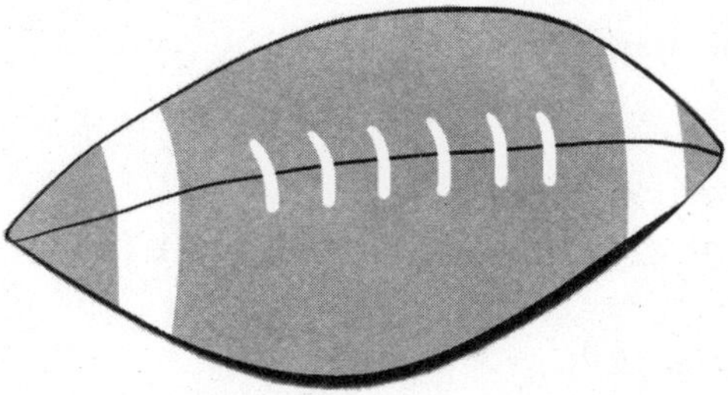

Die Familien meiner Freunde sind anscheinend größtenteils nur Fans, außer Charlies Familie. Seine Eltern gehören zu den Sponsoren und nehmen Charlie und seinen Bruder zu allen Auswärtsspielen mit. Wenn Charlie auf der Highschool nicht ins Team kommt, dann werde er ihm »die Hölle heißmachen«, hat sein Papa gesagt. Jawoll!

Eine Person, die sich weigerte, mitzukommen, als meine Eltern sagten, wir sollten uns mal ein Spiel angucken

1. Theo

Er sagte, Football sei langweilig und er müsse sowieso Hausaufgaben machen. (Ich glaube, Mama und Papa haben den Verdacht, dass er nicht an einem Ort mit seinen Eltern herumhängen will, an dem alle anderen Kinder in seinem Alter mit ihren Freunden da sind. Zumindest *glaube* ich, dass sie das denken. Sie drängten ihn nicht, aber sie wechselten einen Blick, den ich nicht wirklich verstanden habe.)

Fünf Gründe, warum meine Eltern und ich bei unserem ersten Footballspiel der Highschool fehl am Platz wirkten

1. Wir trugen normale Klamotten statt Team-Sweatshirts.
2. Wir hatten keine grün-weißen Pompoms.
3. Wir hatten keine riesigen grünen Schaumstofffinger.
4. Wir kannten die Jubelrufe für das Team nicht.
5. Wir quatschten nicht mit allen Leuten in unserer Nähe. (Genau genommen quatschten wir mit niemandem, weil wir niemanden kannten.)

Drei Leute, die unseren Tag retteten

1. Zora
2. Zoras Mama (die eine KKHS-ABSOLVENTEN-Jacke trug)
3. Zoras Papa (der Zoras kleinen Bruder Jakob die Tribünenstufen hinaufführte und ihm sagte, er solle niemandem mit seinem Schaumstofffinger eins überziehen)

Fünf Wege, wie Zoras Familie uns rettete

1. Sie saßen neben uns (sobald Zora mich auf der unüberdachten Tribüne entdeckt hatte, winkte sie wie verrückt und lenkte ihre Eltern zu uns herüber).
2. Sie stellten uns den Leuten vor uns, hinter uns und neben uns vor. (Mir wurde klar, woher Zora ihre Persönlichkeit hatte; niemand in ihrer Familie ist schüchtern.)
3. Zoras Mama gab Mama und mir ihre Ersatz-Pompoms, damit wir etwas beschwingter aussahen.
4. Zoras Papa gab meinem Papa ein Programmheft, damit er wusste, wer die Spieler waren. (Er sagte, er hätte es für Zoras älteren Bruder Markus geholt, aber da der irgendwo mit seinen Freunden herumlaufe, könne Papa es behalten.)
5. Zoras Mama sagte uns, wir sollten in der Halbzeitpause auf unseren Sitzen bleiben, weil die Blaskapelle genauso gut sei wie das Footballteam. (Sie hatte recht; die Kapelle war für mich der schönste Teil.)

Sechs Dinge, die Mama auf dem Heimweg vom Spiel sagte (Kleewinkel hat übrigens gewonnen)

1. War das nicht schön?

2. Gott sei Dank hat Zora dich gesehen.
3. Ihre Familie ist so nett.
4. Ist ihr großer Bruder nicht in Theos Alter?
5. Vielleicht können wir Theo überzeugen, dass er nächstes Mal auch mitkommt.
6. Ich glaube, wir haben heute Abend viel über die Stadt gelernt.

Sie klang mehr als nur glücklich; sie klang erleichtert. Mir wurde klar, dass meine Eltern manchmal auch Herausforderungen für »neue Kinder« bewältigen müssen.

Für mich stand schon die nächste Sache vor der Tür, die ich als »neues Kind« herausfinden musste: Halloween.

Eine weitere Regel in Kleewinkel, die wir in Brooklyn nicht hatten

1. An Halloween darf man sich nicht zu gruselig verkleiden.

Fünf Halloweenkostüme, die ich in Betracht zog

1. Wütende Cheerleaderin
2. Verrückter Professor

3. Hexendoktor

4. Fauler Kürbis

5. Böse Fee

Ich fragte Zora, ob das in der Schule als »nicht zu gruselig« durchgehen würde, und sie sagte Ja, solange es nichts mit Blut oder Waffen zu tun hätte, wäre das bestimmt in Ordnung. Sie war für die böse Fee. Da ich schon Flügel hatte aus der ersten Klasse, als ich eine normale Fee gewesen war, entschied ich mich dafür. (Außerdem waren es nur noch zwei Tage bis Halloween, und Mama sagte, sie könnte mir auf keinen Fall noch ein neues Kostüm machen. Und etwas zu kaufen, kam nicht infrage, das wusste ich – jedes Mal, wenn Theo in letzter Zeit nach etwas Neuem fragt, erinnert Mama ihn daran, dass »der Umzug teuer war und wir immer noch versuchen, Geld einzusparen«. Ich frage nie. Mama sagt immer, sie sei froh, dass ich so »wenig materialistisch« sei. Ich glaube, ich bin einfach nur sensibler als Theo, wenn es darum geht, um unnützes Zeug zu bitten. Und mir fällt mehr auf, zum Beispiel, dass Mama schon lange nicht mehr beim Frisör war, und die Tatsache, dass sie und Papa ihr Münzglas öfter leer machen als früher. Es ist nicht schwer – zumindest nicht für mich –, zu sehen, dass es keine gute Idee ist, um zu viel zu bitten.)

Zoras Meinung über böse Feen

1. Sie sollten fantastirres Haar haben. (Sie sagte, »fantastirre« sei eine Mischung aus »fantastisch« und »irre«.)

Mein neuer peinlichster Moment nach heute

1. Bei der Halloweenparade mitlaufen, während eine Haarbürste in meinen Haaren feststeckt

Fünfzehn Ereignisse, die zu meiner Parade der Peinlichkeit führten

1. Als Herr Albert sagte, wir könnten unsere Mathebücher zumachen und uns auf die Parade vorbereiten,

sagte ich zu Zora, dass ich nicht sicher sei, was sie mit fantastirren Feen-Haaren gemeint hätte.

2. Sie sagte, sie würde es mir zeigen.
3. Zora wuselte um mich herum und drehte Strähnen von meinem Haar um die stachelige Krone aus schwarz gefärbten Pinienzapfen, die Mama gemacht hatte, um meinem bösen Look noch eins draufzusetzen.
4. Zora musste zur Toilette gehen, um die Schnurrhaare von ihrem Katzenkostüm zu befestigen.
5. Ich erklärte ihr, ich könne meine Haare selbst fertig machen. Es fehlte nur noch eine Stelle vorn, direkt über meiner Stirn.
6. Ich versuchte, die Haare genauso um meine Krone zu schlingen, wie Zora es gemacht hatte, aber es sah irgendwie nicht richtig aus.
7. Ich klemmte die Bürste unter die Krone und versuchte, damit eine fette Strähne hindurchzuziehen.
8. Die Bürste blieb stecken. Sie bewegte sich nicht mehr. Die Krone auch nicht. Meine Haare auch nicht.
9. Zora kam von der Toilette zurück.
10. Herr Albert sagte, wir müssten uns jetzt für die Parade aufstellen.

11. Ich sagte ihm, die Bürste sei stecken geblieben.
12. Er versuchte kurz, sie zu befreien, aber ohne Erfolg. Zora auch.
13. Er schlug vor, ich sollte den Leuten sagen, dass ich eine »Haar-Fee« sei.
14. Ich fragte, ob ich während der Parade im Klassenzimmer bleiben könne.
15. Er sagte Nein.

Zwei Reaktionen von Kindern aus anderen Klassen, als sie mich bei der Parade sahen

---

1. Das soll das neue Kind sein?
2. He, da steckt eine Bürste in deinem Haar! (Kein Witz.)

Eine Sache, die Zora sang, während sie vor mir hermarschierte

---

1. Sie ist eine böse Haar-Fee! Nehmt euch in Acht!

Da musste ich lächeln. Zora ist schon eine ziemlich gute Freundin, obwohl es ihre Idee war, mir fantastirre Haare zu machen.

Fünf Gründe, warum Halloween danach besser wurde

1. Zora fragte, ob ich nach der Schule mit zu ihr kommen wolle, damit sie meine Haare in Ordnung bringen könne.
2. Sie fragte auch, ob ich später mit ihr um die Häuser ziehen und »Süßes oder Saures!« spielen wolle.
3. Sie erzählte, dass Amelie in ihrem eigenen Stadtteil mit ihrer älteren Cousine um die Häuser ziehen würde. (Ich war ziemlich froh, dass Amelie nicht dabei sein würde, um Insiderwitze mit Zora zu reißen oder alle an meine fliegende Unterhose zu erinnern.)
4. Ich sah zum ersten Mal Zoras Zuhause.
5. Mama sagte, Zora könne mit zu uns kommen, nachdem wir »Süßes oder Saures« gespielt hatten.

Vier coole Dinge an Zoras Zuhause

1. Am höchsten Ast einer Eiche im Garten hängt eine Reifenschaukel.
2. Ihre Mama macht superleckere Haferkekse.
3. Zora und ihre Brüder haben ihre Schlafzimmerwände mit Bildern beklebt. Ein paar haben sie aus Zeitschriften ausgeschnitten, aber die meisten selbst

gemalt. (Zoras Bilder sind alle Katzen; ihr älterer Bruder malt total viele Gitarren. Und auf denen von ihrem jüngeren Bruder steht hauptsächlich sein Name über Strichmännchen-Selbstporträts.)

4. In zwei verschiedenen Zimmern waren kunstvolle Deckenburgen aufgebaut. Zoras älterer Bruder Markus hatte sie für ihren jüngeren Bruder Jakob gebaut.

Drei Dinge, die Zora sagte, während wir in ihrem Zimmer Haferkekse aßen

1. Bist du über den Unterhosen-Vorfall hinweg?
   (Ich: Fast.)

2. Keine Sorge, alle anderen haben das schon längst vergessen.

3. Jetzt reden sie über andere Dinge. Zum Beispiel darüber, wer in wen verknallt ist.

Drei Schwärmereien, von denen Zora wusste

1. Angela ist in Dirk verknallt.

2. Xavier ist in Kira verknallt.

3. Raimund ist in Olivia verknallt.

Eine Schwärmerei, von der *ich* wusste, die aber für Zora nichts Neues war

1. Ich glaube, Charlie ist in dich verknallt.

Drei Reaktionen von mir, wenn ich hören würde, dass jemand in mich verknallt ist

1. Rot werden
2. Magengrummeln kriegen
3. Beweise für die Schwärmerei verlangen

Zwei Reaktionen von Zora, als ich die Charlie-Schwärmerei erwähnte

1. Ha, ich weiß. Das sagen alle.
2. Er ist nur ein Freund. Aber es spielt sowieso keine Rolle, denn seine Großmutter würde ausflippen, wenn sie wüsste, dass er mich mag.

Charlies Großmutter lebt bei seiner Familie und kümmert sich nach der Schule um ihn. Sie ist beim Abholen und anderen Schuldingen öfter als andere Großeltern da; sie hat kurze schwarze Haare, die mit Haarspray in Form gebracht sind, und sie lächelt immer auf so eine gezwungene

Art und Weise (so als ob das Lächeln auch mit Haarspray in Form gebracht wäre).

Eine Antwort von Zora, als ich fragte, warum es Charlies Großmutter kümmern würde, wenn er sie mag

1. Weil ich schwarz bin.

Zwei Fragen von mir, nachdem Zora mir das erzählt hatte

1. Ist das dein Ernst?! (Ich muss zugeben, dass ich geschockt war. In Brooklyn hatten viele Eltern von Kindern, die ich kannte, eine andere Hautfarbe. Außerdem: Wir sind in der fünften Klasse! Es ist ja nicht so, als würde man jemanden gleich heiraten, bloß weil man in ihn verknallt ist. Aber Zora wirkte nicht mal überrascht.)
2. Woher weißt du das? (Zoras Antwort: Meine Mutter kennt ihre Familie schon lange. Sie und Charlies Mama gingen im dritten Schuljahr in dieselbe Klasse. Es gab nur noch ein anderes schwarzes Kind in der Klasse, Carl. Als Charlies Mama eine Geburtstagsparty an ihrem Pool feierte, war die ganze Klasse eingeladen … außer Mama und Carl. Meine Oma rief Charlies Oma an und fragte, was los sei, und sie sagte nur: »Es ist eine Poolparty. Das verstehst du doch sicher.«)

Vier meiner Reaktionen auf diese Geschichte

1. Das verstehe ich nicht. (Zora sagte, sie zuerst auch nicht. Aber dann erzählte ihre Mama, damals hätten einige weiße Leute geglaubt, es sei schlecht, mit Leuten anderer Hautfarbe einen Swimmingpool zu teilen.)

2. Das verstehe ich auch nicht. (Zora: Ich auch nicht.)

3. Das ist echt schrecklich. Deine arme Mama. (Zora: Ja, das war eine ziemlich schlimme Erinnerung für sie. Sie war richtig aufgebracht. Meine Großeltern gingen stattdessen an dem Wochenende mit ihr zum Zirkus, um sie abzulenken, und jetzt sagt sie, der Zirkus erinnert sie immer an diese Geburtstagsparty, aber er erinnert sie auch daran, wie sehr ihre Eltern sie geliebt haben.)

4. Vielleicht ist Charlies Oma nicht mehr so. (Zora: Ich bin sicher, das ist sie noch. Sie ist immer eiskalt, wenn ich sie sehe. Ach, egal … vielleicht behält Charlie seine Schwärmerei dann wenigstens für sich.)

Aber ich fragte mich, ob Zora die Sache mit Charlies Oma wirklich so »egal« war. Die Geschichte über ihre Mama und die Geburtstagsparty war eine der traurigsten, die ich je gehört habe. (Dagegen wirkten die alten Geschichten meiner Mama über gemeine Kinder geradezu lächerlich.)

Drei Störungen meiner Gedanken zu Zoras Mama

1. Zoras Papa steckte den Kopf durch die Tür und sagte: »Hey, Zora. Weißt du, wie spät es ist?«
2. Zora blickte auf ihre Uhr, sprang auf und sagte: »Wir müssen los, ›Süßes oder Saures‹ spielen!«
3. Dann sagte sie: »Papa, du hast gesagt, ich darf dieses Jahr nur mit meinen Freunden gehen, nicht wahr? Keine Eltern?«

Ihr Papa seufzte und sagte: »Ja, das habe ich versprochen.« Ich rief meine Eltern an, und sie waren einverstanden.

Vier Halloweenpremieren für mich an diesem Abend

1. Ohne meine Eltern um die Häuser ziehen
2. »Süßes oder Saures« vor Häusern spielen anstatt vor Läden oder Wohnungen wie in der Stadt
3. »Süßes oder Saures« mit Jungen spielen, die nicht Theo und seine Freunde sind (Wir trafen Elias und Charlie am dritten Haus, zu dem wir gingen, und sie blieben den Rest des Wegs bei uns.)
4. Mein erstes richtiges Geisterhaus

Wie sich dieses Geisterhaus von denen unterschied, die ich schon kannte

1. Es war nicht vom Elternbeirat eingerichtet worden.
2. Es gab keine Spaghetti, die als Würmer präsentiert, und geschälte Trauben, die als Augäpfel ausgegeben wurden.
3. Es gab keine Highschool-Kinder mit Gummimasken, die die Tür öffneten.
4. Laut Zora, Charlie und Elias war es *ein echtes Geisterhaus.*

Fünf Gründe, warum es in dem Haus angeblich spukt

1. Solange sie denken können, ist es zugenagelt, aber manchmal steht die Haustür auf mysteriöse Weise offen.
2. Noch nie wurde gesehen, wie jemand aus dem Haus kam.
3. Vor Jahren trat eine Studentin, die Unterschriften für einen Gesetzesentwurf zur Wasserreinhaltung sammelte, durch die offene Haustür – und sie wurde nie wieder gesehen.

4. Das Fenster im Dachgeschoss ist als Einziges nicht zugenagelt, und wenn man genau hinschaut, kann man manchmal sehen, wie eine blasse weiße Figur sich dahinter bewegt.

5. Wenn man am Halloweenabend an die Tür klopft, hört man von drinnen schreckliche Schreie. Jedes Kind in der Nachbarschaft soll das versuchen, wenn es das erste Mal ohne Eltern um die Häuser zieht. Das heißt: wir. Und zwar jetzt.

Fünf mögliche Kommentare, die mir in dem Moment durch den Kopf gingen

---

1. Das klingt total gruselig.

2. Das ist unerlaubtes Betreten.

3. Ich glaube nicht, dass Mama diese Idee gefallen würde.

4. Elias ist kein sehr schneller Läufer. Das könnte zum Problem werden, falls wir schnell abhauen müssen. (Ich wusste das, weil er und ich mal in derselben Gruppe gewesen waren, als der Sportlehrer uns beim 50-Meter-Lauf gestoppt hatte. Ich bin nicht oft schneller als andere, aber ich war schneller als Elias.)

5. Wollt ihr nicht einfach nur ein paar Süßigkeiten abstauben?

Ein Kommentar, den ich aussprach

1. Ähm, meint ihr jetzt?

Doch ich folgte ihnen trotzdem. Anscheinend ist meine Angst, keine Freunde zu finden, stärker als meine Angst vor Geisterhäusern.

Sieben Dinge, die wir bei dem Geisterhaus hörten

1. Das Quietschen des Eisentors vor dem Haus, als wir es öffneten

2. Unser eigenes Atmen, als wir langsam über den Weg vom Tor zum Haus liefen

3. Ein Knarren, als wir vorsichtig auf die morschen Verandastufen traten
4. Wie der Papa von irgendwem auf dem Fußweg rief: »Hey! Was macht ihr Kinder da?«
5. Ein Krachen, als Elias sich umdrehte, auf eine morsche Stelle trat und mit dem Fuß durch ein Bodenbrett der Veranda brach
6. Charlie, der schrie: »Lauft, so schnell ihr könnt!«
7. Das Geräusch, wie Charlie wegrannte, als Zora und ich Elias dabei halfen, seinen Fuß aus dem Verandaboden zu ziehen

Eine Sache, die wir nicht beim Geisterhaus hörten

1. Schreckliche Schreie (außer die von Elias)

Vier Gründe, warum wir danach nur noch bei fünf weiteren Häusern »Süßes oder Saures« spielten

1. Elias blieb stehen, um Charlie anzubrüllen, weil er ihn auf der Veranda zurückgelassen hatte.
2. Charlie verteidigte sich und behauptete beharrlich, dass er nur weggerannt sei, weil er eine gespenstische Figur durch das Fenster gesehen hätte.
3. Elias humpelte.
4. Elias blutete ein bisschen. Schließlich sagte ich, wir seien in der Nähe von meinem Zuhause und könnten dort einen Verband für ihn holen und uns seinen Knöchel anschauen.

Die fünf besten Dinge meiner Halloweenausbeute

1. Erdnussbutter-Schokokürbisse
2. Erdnussbutter-Schokoriegel
3. Zuckerdragees
4. M&M's
5. Hexennase aus Plastik

Die fünf schlimmsten Dinge meiner Halloweenausbeute

1. Bleistifte
2. Müsliriegel
3. Apfel
4. Lakritzschnecken
5. Liebesperlen

Ich weiß, ich weiß, manche Leute lieben Liebesperlen. Ich gehöre nicht dazu. Zora auch nicht. Aber meine Mama. Darum sagte ich zu Zora, dass wir sie ihr schenken.

Fünf Dinge, die man meiner Familie nicht anmerkt, wenn man eine Stunde mit ihr verbringt

1. Meine Mama hat einen kleinen Akzent. Sie wuchs in North Carolina auf, und manchmal sagt sie Dinge wie »ihrs« oder »denk ich mir halt«. (Sie beachtet die Regel, dass man Erwachsene mit Herr oder Frau ansprechen muss, nicht. Als Kind musste sie das aber auch.)

2. Mama ist echt klug, aber irgendwie vergesslich. Eigentlich ist sie wie ich. Sie erinnert sich an Dinge über Leute, die sie jahrzehntelang nicht gesehen hat, aber sie vergisst, das Huhn in den Kühlschrank zu

stellen, wenn sie vom Lebensmittelladen zurückkommt. Und wenn sie arbeitet, dann konzentriert sie sich ganz auf ihre Designs (und es kann schwierig werden, zu ihr durchzudringen).

3. Mein Papa steht total auf Harry Potter. Manchmal finde ich es lustig, aber manchmal ist es etwas merkwürdig.

4. Papa liebt außerdem Musik. LIEBT sie. Er muss sie sofort anstellen, wenn er ins Haus kommt oder in den Wagen steigt, und manchmal ist Mama genervt. (Sie mag Musik auch, aber sie kann es nicht haben, wenn sie die ganze Zeit läuft, besonders nicht, wenn sie arbeitet. Sie sagt, sie »drängt sich in ihren Gedankenraum«. Seit unserem Umzug ist es kein großes Problem mehr, denn Papa benutzt jetzt meistens Kopfhörer. Wahrscheinlich will er seine Melodien nicht mehr so gern teilen wie früher.)

5. Ich bin mir nicht sicher, was einem an Theo auffallen könnte, außer dass er trommelt. Seitdem wir umgezogen sind, bleibt er sehr viel für sich. Er hat sich nicht mal für Halloween verkleidet, dabei war das immer sein Lieblingsfeiertag. In Brooklyn haben er und seine Freunde sich immer als Gruppe verkleidet, sodass sie zusammenpassten, zum Beispiel als die Mitglieder von Nirvana oder sämtliche Batman-Schurken oder so was. Dieses Jahr ist er einfach nach

Hause gekommen und in sein Zimmer gegangen, so wie immer.

Drei gute Dinge, die bei mir zu Hause passierten

1. Wie sich herausstellte, brauchte Elias nur ein Pflaster und einen Eisbeutel.
2. Charly gab mir seine Erdnussbutter-Schokokürbisse, weil er allergisch gegen Erdnüsse ist.
3. Mama hat niemandem zu viele Fragen gestellt.

Vier Dinge bei mir zu Hause, die peinlich waren

1. Als Papa sah, wie viele Süßigkeiten wir bekommen hatten, sagte er: »Beim Barte des Merlin!«, seine Lieblingsredewendung aus Harry Potter.
2. Mama sang echt laut bei ihrer Johnny-Cash-CD mit, als wir reinkamen.
3. Der Teppich im Wohnzimmer war zum Teil rausgerissen, und man konnte den hässlichen Sperrholzboden darunter sehen. (Mama und Papa waren enttäuscht, als sie anfingen, den Teppich rauszureißen, und darunter keine schönen Dielen fanden. Gerade sind wir »in einer Warteschleife«, während sie überlegen, was sie jetzt machen sollen.)

4. Zora fragte, ob sich irgendjemand daran erinnert, wer uns die Müsliriegel gegeben hat, und Papa sagte: »Ich bin sicher, Annie weiß es! Sie hat ein erstaunliches Gedächtnis.« (Ich erinnere mich. Es war Frau Deibler. Sie wohnt einen Block weiter, in einem gelben Haus, und sie hat vierjährige Zwillinge namens Emil und André. Sie trug einen schwarzen Rock, einen roten Pulli und fusselige Hausschuhe, und als sie uns die Müsliriegel gab, sagte sie: »Etwas Knuspriges für Halloween!« Aber ich behauptete, ich würde mich nicht erinnern. Und Zora schaute mich komisch an.)

Eine Sache, die Theo zu mir sagte, nachdem meine Freunde gegangen waren

1. Du hast dich wohl daran erinnert, wer euch die Müsliriegel gegeben hat, oder?

Zwei Dinge, die ich darauf erwidern wollte

1. Ja, ich habe mich erinnert.
2. Weißt du, was eine Abfindungsvereinbarung ist? Und warum Papa eine bekommen hat?

Eine Sache, die ich tatsächlich zu Theo sagte

1. Warum hast du uns hinterherspioniert, du Spinner? Ich gehe ins Bett.

2. Doch zuerst musste ich meine E-Mails abrufen. Halloween war immer der beste Tag in Brooklyn, und ich wollte sehen, ob ich einen Bericht von Melli bekommen hatte.

Fünf Dinge an Mellis Halloween, die wahnsinnig toll klangen

1. Die Stadt hat dieses Jahr für die Stadtteilparade die Straße noch drei Blöcke weiter abgesperrt. (Ich wusste, dass die Halloweenparade unseres Stadtteils eins der Dinge ist, die ich am meisten vermissen würde. Sie ist nicht wie eine normale Parade, bei der Leute am Straßenrand stehen und zuschauen, während Festwagen und Kapellen vorbeiziehen. Am Anfang gibt es das auch, aber hauptsächlich laufen alle einfach über die Straße, mit Hunderten anderer Leute, nehmen die Kostüme der anderen unter die Lupe, begrüßen Leute, die sie kennen, und tauschen Süßigkeiten.)

2. Bei der Parade waren Leute auf Stelzen als feuerspeiende Drachen verkleidet.

3. Sie und zwei andere Kinder verkleideten sich als Gabel, Messer und Löffel. (Ich fragte mich, welche zwei anderen Kinder. Dieses Detail schien mir zu wichtig, um es auszulassen.)

4. Ihre Eltern ließen sie bis halb elf bei der Parade bleiben.

Drei Dinge, die ich ihr erzählte, die an meinem Halloween wahnsinnig toll waren

1. Ich war eine böse Fee.
2. Ich durfte allein mit Freunden »Süßes oder Saures« spielen, ohne Eltern.
3. Ich ging zu einem richtigen Geisterhaus.

Ich sagte ihr nicht, dass wir nicht wirklich in das Geisterhaus hineingegangen waren. Melli war also nicht die Einzige, die Details ausließ, schätze ich.

NOVEMBER

Drei seltsame Gerüche in unserem neuen Haus

1. Holzrauch (Der blieb eine Weile hängen, nachdem Papa vergessen hatte, den Rauchabzug zu öffnen, als er zum ersten Mal ein Kaminfeuer machte.)

2. Farbe (Mama und Papa streichen im Durchschnitt einen Raum pro Monat. Der letzte war das Esszimmer, das sie rechtzeitig zum Erntedankfest fertig haben wollen.)

3. Etwas, das rätselhaft und streng roch und sich schließlich als ein halbes Truthahn-Butterbrot in einer Ecke von Theos Rucksack entpuppte

Fünf Dinge, die aus Theos Rucksack fielen, als er ihn auskippte, um ihn sauber zu machen

1. Zwei Bücher (*Der Fänger im Roggen* und *Hammer of the Gods: Die Led Zeppelin Saga*)
2. Ungefähr sieben zusammengeknüllte Zettel
3. Die üble Butterbrothälfte
4. Zwei Drumsticks
5. Drei Gitarren-Plektren

Zwei Fragen, die sich natürlich ergaben, als ich das sah

1. Wie konntest du das Butterbrot vergessen?
2. Spielst du jetzt Gitarre? (Antwort: Nein. Ich sammle nur Plektren.)

Dann erzählte ich ihm, dass Zoras älterer Bruder Gitarre spielt, und er sagte nur: »Ich weiß«, aber er war irgendwie komisch dabei.

Elf Dinge, die in meinem Rucksack sind

1. Ein Ordner
2. Ein Spiralblock
3. Eins von Kathis Haargummis, das ich zurückgeben muss
4. Ein Einhorn-Radiergummi, bei dem die Spitze des Horns abgebrochen ist
5. Ein Elternbrief, den ich meinen Eltern ständig zu zeigen vergesse
6. Bilder von Außerirdischen, die Zora und ich in der Pause zusammen gemalt haben
7. Ein zermatschter Müsliriegel
8. Eine Flasche mit Desinfektionsmittel für die Hände, in dem *vielleicht* noch ein Spritzer drin ist
9. Ein paar kaputte Bleistifte
10. Ein Stein, den ich in der Einfahrt gefunden und aufgehoben habe, weil ich fand, dass er wie der ehemalige Präsident George Washington aussieht

11. Eine französische Briefmarke, die Frau Silva mir gegeben hat (ihr wisst schon, für meine erfundene Briefmarkensammlung)

Fünf Dinge, die ich in meinem letzten Brief an Melli mitschickte

1. Einen Bericht über die Wahl der Präsidentin der 5. Klassen (die Zora haushoch gewann, was niemanden überraschte)
2. Eine Strichliste über die Male, die Amelie wie zufällig meinen Fliegende-Unterhosen-Zwischenfall beim Kickball erwähnte und anfing zu lachen (letzter Stand: sieben)
3. Die Neuigkeit, dass ich mir Ohrlöcher stechen lassen darf, wenn ich fünfzig Bücher gelesen habe (fünfundzwanzig meiner Wahl, fünfundzwanzig Mamas Wahl)
4. Ein neues Freundschaftsarmband in Herbstfarben
5. Einen Hand-Truthahn (ihr wisst schon, wenn man den Umriss seiner Hand nachzeichnet und ihn dann wie einen Truthahn ausmalt)

Ein Grund, warum ich meiner besten Freundin einen Hand-Truthahn gemalt habe, obwohl wir nicht mehr im Kindergarten sind

1. Das ist eine Tradition. Melli fährt jedes Jahr am Erntedankfest für eine Woche zu ihren Großeltern nach Kalifornien, und wir tauschen vorher immer Hand-Truthähne aus. Es war Mellis Idee. Es fing im ersten Jahr an, in dem wir Freundinnen waren, weil ich traurig war, dass sie eine ganze Woche weg sein würde.

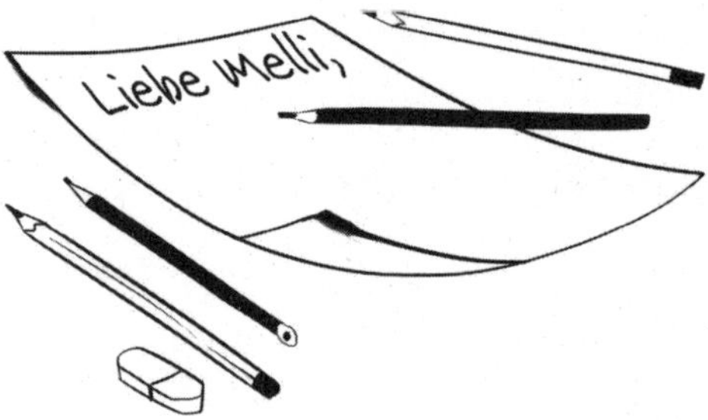

Vier Dinge, die ich Melli in meinem Brief nicht schrieb

1. Ich hörte meine Eltern wieder über Rechnungen reden, als ich gestern Abend ins Bett ging. Mama mailt ein paar ihrer Arbeitskollegen in der Stadt und will versuchen, mehr Aufträge zu bekommen, und Papa will bei seinem neuen Arbeitsplatz fragen, ob Über-

stunden bezahlt werden. Ich weiß nicht genau, warum ich Melli das nicht geschrieben habe. Es ist ja nicht so, dass sie uns für reich hält – ich meine, sie weiß, dass wir aus unserer ersten Wohnung in Brooklyn ausziehen mussten, weil die Miete anstieg. Geld ist auf jeden Fall häufiger Thema in der letzten Zeit, und mir ist einfach nicht danach, meinen Freunden davon zu erzählen. (Besonders einer Freundin wie Melli, deren Eltern schon immer die gleiche große Wohnung hatten und die jedes Jahr schön in Urlaub fahren.)

2. Ich gehe mittlerweile an manchen Tagen in der Mittagspause in die Bibliothek, um nach den alten Büchern zu suchen, die Mama für ihre Ohrloch-Aufgabe verlangt. Wenn Kathi da ist, unterhalte ich mich mit ihr und helfe ihr, Bücher einzusortieren. (Ich bin nicht sicher, warum ich Melli davon nichts geschrieben habe. Vielleicht, weil wir in unserer Schule in Brooklyn niemals freiwillig in der Bibliothek abgehangen hätten. Mit Kathi macht es irgendwie Spaß, aber es ist schwer zu erklären, warum.)

3. An einem Tag, als Zora und Kathi krank waren, aß ich mein Mittagessen in einer Toilettenkabine, damit ich nicht allein bei Amelie und den Jungs sitzen musste. (Charlie und Elias sind nett, aber sie sind nicht genug Puffer zwischen Amelie und mir.)

4. Als ich hörte, wie Amelie Zora im Bus danach fragte, ob sie ihre Wahlkampfleiterin bei der Klassenwahl sein dürfe (und Zora sagte: »Klar!«), hatte ich für den Rest der Rückfahrt Bauchschmerzen. (Wollte *ich* die Wahlkampfleiterin sein? Nein. Aber nach meinem Bauch zu urteilen, wollte ich wohl auch nicht, dass Amelie es war.)

Zwei Dinge, die ich vor dem Erntedankfest von Melli nicht bekam

1. Einen Brief
2. Einen Hand-Truthahn

Sie schickte mir eine kurze E-Mail, in der stand: »Es tut mir leid, dass ich dieses Jahr keine Zeit hatte, einen Truthahn zu machen. Fahren gleich zum Flughafen. Schöne Feiertage!« Hmpf. Aber ich würde versuchen, mir nicht von einer megalangweiligen E-Mail die Ferienstimmung verderben zu lassen.

Zwei Gründe, warum ich wegen des Erntedankfests dieses Jahr ganz aufgeregt bin

1. Wir konnten bisher noch nie Gastgeber sein, weil unsere Wohnung in Brooklyn zu klein war. Doch die-

ses Jahr haben wir so viel Platz, dass die ganze Familie kommen kann, und einige werden sogar übernachten. (Ich bin deshalb ganz aufgeregt, aber Mama und Papa drehen fast durch. Sie machen sich noch mehr Gedanken als sonst darüber, wie das Haus aussieht, und sie streiten ständig über Dinge, wie zum Beispiel, ob sie mehr Kissen kaufen oder die Leute bitten sollten, ihre eigenen mitzubringen. Obwohl sie es nicht sagen, weiß ich, dass dies nur noch mehr Dinge sind, über die sie sich keine Sorgen machen müssten, wenn wir nicht meinetwegen hätten umziehen müssen.)

2. Ich werde mit Mamas jüngerer Schwester, Tante Penelope, in einem Zimmer schlafen. (Und egal, wie deprimiert ich auch wegen des Umzugs, meiner Eltern oder Theo bin – Tante Penelope sorgt immer dafür, dass ich mich besser fühle.)

Die vier besten Gefühle

1. Samstagmorgen
2. Ein Kompliment von jemandem, der kein Elternteil von dir ist
3. Ein Kompliment für etwas, von dem du glaubst, dass du nicht gut darin bist (Zum Beispiel: »Annie, du hast den Ball total weit geschossen!« Darauf warte ich immer noch.)
4. Wenn deine Eltern sagen: »Lasst uns heute Abend Pizza bestellen.«

Die drei schlimmsten Gefühle

1. Übelkeit
2. Sich einen Splitter reinhauen (Eigentlich weiß ich nicht, ob es der Splitter ist, den ich so schlimm finde, oder nur die Vorstellung davon, dass sich ein Stückchen Holz in meine Haut bohrt. Schauder.)
3. Morgens aufwachen, wenn man am Tag zuvor schlechte Neuigkeiten erfahren hat (Denn zuerst hast du die schlechten Neuigkeiten vergessen, und es fühlt sich an wie ein ganz normaler Morgen; dann erinnert dein Gehirn dich langsam daran, und es

fühlt sich so an, als ob du es wieder zum ersten Mal hörst.)

Sieben Dinge, die ich an Tante Penelope liebe (oder Tante Pen, wie Theo und ich sie nennen)

1. Sie hat echt lange Haare – fast bis zum Po –, allerdings trägt sie sie meistens hochgesteckt. Als ich klein war, war es eine meiner Lieblingsbeschäftigungen, ihr zuzusehen, wie sie ihre Haare zu einem langen Seil drehte und in einem Knoten zusammenband. Sie sind so lang, dass sie ohne Spange oder Haargummi oder sonst irgendwas sitzen bleiben.

2. Als ich sieben war, hat sie mir beigebracht, wie ich eine Steppdecke für meine Puppen mache.

3. Sie ist Lehrerin und weiß alles über Bücher für Kinder in meinem Alter. Darum empfiehlt sie mir immer die besten zum Lesen.

4. Als ihr Haus von Marienkäfern befallen wurde, hat sie nie den Kammerjäger gerufen. Sie hat sie einfach in Ruhe gelassen. Darum leben sie in Häufchen an ihrer Küchendecke um die Lampe herum, wie Sonnenanbeter an einem Strand

5. Wenn sie uns besucht, bringt sie mir eine Dose voller Marienkäfer

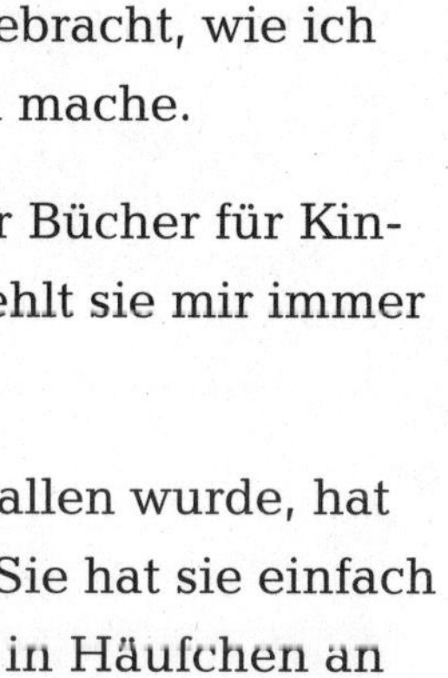

mit, die in meinem alten Schmetterlingshotel wohnen können.

6. Sie versteht, wie es ist, eine jüngere Schwester zu sein. Mama versucht das auch, aber sie wird es niemals wirklich wissen, weil sie es nie so erlebt hat wie Tante Pen und ich.
7. Sie sagt nie, dass ich still oder schüchtern sei.

Fünf Leute, die beim Erntedankfest SAGTEN, dass ich schüchtern sei

1. Oma Rosa
2. Oma Helene
3. Opa Tom
4. Onkel Daniel
5. Tante Marlene

Fünf Fragen, die Tante Pen stellte, als sie mir an dem Abend das Stricken beibrachte

1. Du weißt, dass *ich* weiß, dass du nicht immer still bist, oder? (Antwort: Ja, mit dir ist das Reden leichter.)

2. Was ist bis jetzt das Beste an diesem neuen Ort gewesen? (Antwort: Dass ich mehr Rad fahren kann. Und das lila Haus. Auch Zora und Kathi aus der Schule sind ziemlich nett. Aber sie sind nicht so toll wie Melli. Melli ist immer noch meine beste Freundin.)

3. Was ist am schwierigsten für dich? (Antwort: Dass ich Melli vermisse. Was ich nicht sagte: Dass es meine Schuld ist, dass wir umziehen mussten.)

4. Was vermisst du an Melli? (Antwort: Einfach mit ihr abzuhängen. Und auch, dass wir uns in der Schule immer Nachrichten geschrieben haben.)

5. Was meinst du, wie findet Theo es hier? (Antwort: Er hasst es.)

Fünf Dinge, die Tante Pen mir dann über sich erzählte, die ich vorher nicht wusste

---

1. Sie war in meinem Alter, als sie und meine Mama in eine neue Stadt zogen

2. Sie beschloss, dass dies ihre Chance war, eine neue Person zu werden, und bat alle darum, sie Nell zu nennen. (Den Spitznamen fand sie besser als Penny.)

3. Eines Tages hörte jemand im Bus, wie meine Mama sie Penelope nannte, und alle Kinder fingen an, sie

zu fragen, warum sie einen falschen Namen genannt hätte.

4. Eine Weile gab es verrückte Gerüchte über sie, so wie die, die in meiner alten Schule über mich im Umlauf gewesen waren (aber für Tante Pen war es ihre *neue* Schule, und das größte Gerücht war, dass sie einen falschen Namen angegeben hatte, weil Opa in ihrer alten Stadt eine Bank ausgeraubt hatte und sie auf der Flucht waren).

5. Schließlich fing sie an, Tennis zu spielen, und fand dadurch Freunde. Und die Leute hörten auf, die verrückten Gerüchte zu glauben.

Ich sagte ihr, sie solle Theo ihre Geschichte erzählen. Sie sagte, das würde sie tun.

Ich dachte darüber nach, ob ich Tante Pen von den verrückten Gerüchten erzählen sollte, die es in Brooklyn über mich gegeben hatte und warum die Leute dachten, dass ich selbst für meinen Rausschmiss gesorgt hätte. Doch dann wären bloß all die üblen Gefühle wieder hochgekommen.

Wenn ich nicht über die Dinge sprach, die ich in Brooklyn vermasselt hatte, würde ein Neustart hier in Kleewinkel vielleicht einfacher werden. Außerdem hatte ich in dem Moment wichtigere Dinge im Kopf.

Eine Frage, die ich Tante Pen stellte, während wir strickten

1. Was ist eine Abfindungsvereinbarung? (Ihre Antwort, nach einer langen Pause: Ich glaube, das solltest du deine Eltern fragen.)

Dann wechselte sie das Thema und meinte, wenn ich es vermisste, Melli Nachrichten zu schreiben, dann sollte ich vielleicht versuchen, einer meiner neuen Freundinnen hier eine Nachricht zu schreiben.

Fünf Dinge, die ich Zora in einer Nachricht am Abend des Erntedankfests schrieb

1. Ich habe zehn neue Marienkäfer von Tante Penelope bekommen.
2. Ich habe zwanzig Kartoffeln gepellt.
3. Theo und ich haben nach alter Familientradition wieder einen Wunschknochen zerbrochen. Ich habe das größere Stück bekommen. Darum muss mein Wunsch in Erfüllung gehen, aber natürlich konnte ich ihn ihr nicht verraten, sonst würde er sich nicht erfüllen. (Die Wahrheit: Ich hatte mir gewünscht, dass Melli sich keine neue beste Freundin suchen würde.)

4. Theo zerbrach beim Trommeln ein Glas.
5. Ich war froh, dass wir keine Schule hatten, aber ich wusste, dass ich mich ab morgen langweilen würde, weil Tante Pen dann nach Hause fahren würde.

Ich faltete den Zettel zusammen und schrieb »Von A nach Z« darauf.

Fünf unerwartete Dinge, die am nächsten Tag passierten

1. Zwei meiner Marienkäfer entwischten aus dem Hotel und »gründeten einen Haushalt«, wie Oma Rosa es nannte, an meiner Schlafzimmerdecke.
2. Oma Helene ging shoppen und kaufte einen Teppich, um den kahlen Sperrholzfleck in unserem Wohnzimmer zu bedecken. »Das ist euer Einweihungsgeschenk«, erklärte sie, als Mama sagte, das hätte sie nicht tun sollen.
3. Das Wetter war viel wärmer als sonst im November, und ich konnte ohne Jacke nach draußen gehen.
4. Zora rief an und fragte, ob ich mit meinem Fahrrad zu ihr rüberkommen wollte. (Das ist auch eins der Dinge, die meine Eltern an Kleewinkel mögen: dass wir überall mit dem Rad hinfahren können.)
5. Als ich bei Zora ankam, war Amelie da.

Fünf Dinge, die mir an Amelie aufgefallen sind

1. Ihre Handschrift ist wunderschön. Das sollte eine eigene Schriftart sein. Und nachdem sie ein Wort geschrieben hat, schaut sie es sich noch mal an und bessert es nach.

2. Sie hat zehn verschiedene perfekte Outfits, und sie trägt jedes davon am gleichen Schultag, immer abwechselnd alle zwei Wochen. Zum Beispiel Montag: Kätzchenpulli und roter Rock. Dienstag: schwarzes Kleid, schwarze Leggings, silberne Stiefel. Mittwoch: rosa Bluse mit Knöpfen, Glitzer-Leggings. Donnerstag: ROCK-STAR!-T-Shirt, Jeansjacke und enger Rock. Freitag: Herz-Pulli und Jeans.

3. Ihre Bücher sind in ihrem Pult immer perfekt nach Größe sortiert.

4. Ihre Bleistifte sind alle rund (keine achteckigen gelben) mit weichen rosa Radiergummis.

5. Sie hat immer Kirsch-Hustendrops dabei und wirft sie ein wie Bonbons. (Wenn ich Husten habe, dann gibt Mama mir immer die, die wie Medizin schme-

cken, und auch nur zwei pro Tag. Nicht, dass ich darum mit ihr streiten würde. Denn, wie gesagt, sie schmecken wie Medizin.)

Drei Dinge, an denen ich erkannte, dass Amelie sich nicht freute, mich bei Zora zu sehen

1. Als ich ankam, sah Amelie sofort die Nachricht für Zora in meinem Fahrradkorb. Ohne überhaupt erst mal »Hallo« zu sagen, fragte sie: »›Von A nach Z‹ – was ist das?«

2. Ich erklärte ihr, dass es eine Nachricht sei, die ich am Erntedankfest für Zora geschrieben hätte, und sie verdrehte die Augen und sagte: »Über Obsternte oder was?«

3. Den Rest des Nachmittags redete sie mit Zora über Leute, die ich nicht kannte, und Dinge, die passiert waren, bevor ich hierhergezogen war.

Ich war froh, als ich nach Hause kam und mich auf mein Bett werfen konnte, zusammen mit *Die Welt, wie wir sie kannten* (Tante Pens letzter Buchempfehlung) und meinen Plüschtieren.

Die Top 6 meiner Plüschtiernamen

1. Dolly Llama
2. Baskerville, der Hund
3. Jo Känguruh
4. Disco-Schwein
5. Rabiates Reh
6. Natascha

Theo sagt, sie klingen alle wie Bandnamen. Mama sagt, von seiner Seite sei das ein Kompliment und ich solle es auch so verstehen. Ich glaube, er will mich nur ärgern.

Komische Angewohnheiten, die ich mir abgewöhnt habe

1. An den Fingernägeln knabbern
2. Meine Plüschtiere in einer perfekten Reihe an meinem Fußende aufstellen, bevor ich ins Bett gehe
3. Mir den Mund am Ärmel meines Shirts abwischen
4. Handschuhe tragen, wenn ich Glühwürmchen fange (Ich fürchtete einen Stromschlag.)
5. Jedes Mal, wenn ich die Toilettenspülung gedrückt hatte, aus dem Badezimmer rennen (Ich hatte ins-

geheim Angst, dass ein Geist aus der Toilette kommen würde, um das Wasser auszutauschen. Verrückt, ich weiß.)

Komische Angewohnheiten, die ich noch loswerden muss

1. Ein Haar ganz stramm um meinen Finger wickeln, bis dieser blau wird, wenn mir langweilig ist
2. Mit meinen Fingerknöcheln knacken
3. Alle Bewegungen symmetrisch machen (Wenn ich zum Beispiel mein linkes Ohr kratze, muss ich auch mein rechtes kratzen, selbst wenn es nicht juckt.)
4. Jedes Mal ein neues Glas nehmen, wenn ich Wasser trinke (Eigentlich finde ich diese Angewohnheit nicht komisch, aber sie macht Mama verrückt, darum habe ich ihr gesagt, dass ich daran arbeiten werde.)

DEZEMBER

Vier Gründe, warum ich das Mittagessen heute früher verließ

1. In der Mensa roch es nach Fischstäbchen, und mir wurde übel.
2. Amelie erzählte die ganze Zeit davon, dass sie sich bei ihrer nächsten Maniküre entweder Zuckerstangen oder Schneemänner auf die Fingernägel malen lassen würde, und davon wurde mir auch übel.
3. Zora war damit beschäftigt, einen Geburtstagswunschzettel zu schreiben, um ihn an ihre Großeltern zu schicken. Ihr Winterurlaub in Jamaica steht vor der Tür, und ihre Oma will Geschenkideen, weil sie an ihrem Geburtstag dort sein wird.)

4. Ich musste zur Bücherei, um nach Mamas letztem Buchvorschlag zu suchen, *Wir Tillermanns sind so.*

Fünf Leute, die ich sah, als ich in die Bücherei ging

1. Frau Otis (die Bibliothekarin), die still auf ihrem Computer tippte

2.–4. Drei Sechstklässler, die hinten in der Ecke flüsterten (Ich wusste, dass zwei von ihnen Leon und Jannis hießen, weil sie meinen Schulbus nehmen und andere Kinder immer ihre Namen sagen. Den dritten Jungen kannte ich nicht. Ich bin ziemlich sicher, dass keiner von ihnen mich kannte.)

5. Kathi, die in der Biografie-Abteilung Bücher einsortierte

Drei Dinge, die Kathi mir lautstark zuflüsterte, als sie mich sah

1. Psst! Hey, Annie!
2. Bist du hier, um abzuhängen oder ein Buch auszuleihen? (Antwort: Eigentlich beides.)
3. Welches Buch?

In diesem Moment schaute Frau Otis von ihrem Computer auf. Also schlurfte ich zu Kathi hinüber und sagte, dass ich *Wir Tillermanns sind so* suchte.

»Das steht bei Cynthia Voigt«, sagte sie. »Guck mal unter V nach.«

Zwei Dinge, die ich sah, als ich in Kathis Richtung zeigte

1. Ein hohes Regal, das mit *Belletristik S–V* beschriftet war
2. Die drei Sechstklässler, die genau davorstanden

Acht Gedanken, die mir dann durch den Kopf schossen

1. Leon, Jannis und Junge, dessen Namen ich nicht kenne, stehen genau vor dem Regal, an das ich ranmuss.
2. Sie sehen nicht so aus, als würden sie sich bald dort wegbewegen.
3. Vielmehr hat sich der Junge, dessen Namen ich nicht kenne, gerade nach unten rutschen lassen, sich gegen das unterste Regalbrett gelehnt und angefangen, in einem *Welt-Almanach* zu blättern.
4. Warum steht der *Welt-Almanach* in der Belletristik-Abteilung?

5. Ich frage mich, ob Kathi ihn falsch einsortiert hat.
6. Ist ja auch egal.
7. Ich will nicht rübergehen und die Jungs fragen, ob sie zur Seite gehen, damit ich nach meinem Buch suchen kann.
8. Ich werde einfach ein anderes Buch nehmen.

»Eigentlich«, sagte ich zu Kathi, »ist mir gerade eingefallen, dass ich stattdessen dieses nehmen will.« Ich bückte mich und schnappte mir das erste Buch, das ich sah: *Die Biografie von Dorothy Hamill*.

Drei Fragen, die Kathi daraufhin stellte

1. Dorothy Hamill? Wer ist das denn? (Antwort: Sie war in den 1970er-Jahren eine berühmte Eiskunstläuferin. Mit einer berühmten Frisur.)
2. Willst du wirklich dieses Buch? (Antwort, nachdem ich rübergelinst und gesehen hatte, dass die Sechstklässler immer noch da waren: Ja, will ich.)

3. Wartest du mal kurz hier? (Antwort: Klar, ich lese einfach mein Buch.)

Kathi ging rüber zu den Belletristik-Regalen, sagte: »Entschuldige bitte, Frank« (zu dem Jungen, dessen Namen ich nun kenne), beugte sich vor und nahm ein Buch.

Vier Dinge, für die ich Kathi in dem Moment dankbar war

---

1. Sie merkte, warum ich nicht zu den Belletristik-Regalen rübergehen wollte.
2. Sie lachte mich deshalb nicht aus.
3. Im Gegensatz zu mir machte es ihr nichts aus, Sechstklässler zu bitten, zur Seite zu gehen, um an ein Buch zu kommen.
4. Sie brachte mir das Buch, das ich wollte, und ich konnte aufhören, über Eiskunstlaufen in den 1970ern zu lesen.

»Bitte schön«, sagte Kathi, als sie mir *Wir Tillermanns sind so* reichte. »Frohe Weihnachten.«

Drei Dinge, die auf meinem Weihnachts-Wunschzettel stehen würden, wenn meine Familie sie sich leisten könnte

1. Ein Mobiltelefon
2. Ein Welpe
3. Ein Himmelbett

Drei realistischere Dinge, die ich auf meinen Weihnachts-Wunschzettel schreibe

1. Ein Festnetztelefon für mein Zimmer
2. Ein Goldfisch
3. Ein Glas Erdnussbutter nur für mich, das ich Löffel für Löffel aufessen kann (ein lang gehegter Traum von mir, obwohl Mama das widerlich findet)

Fünf Dinge, die ich vermutlich zu Weihnachten bekommen werde

1. Einen Pulli
2. Socken
3. Malsachen

4. Vielleicht ein Glas Erdnussbutter

5. Vielleicht das altmodische Telefon

Vier Dinge, die ich tatsächlich zu Weihnachten bekam

1. Einen Pulli

2. Socken

3. Malsachen

4. Walkie-Talkies (von Oma Helene)

Hmm. Oma schlug vor, dass Theo und ich mit den Walkie-Talkies kommunizieren könnten, wenn wir in verschiedenen Teilen des Hauses waren. Ich wusste, das würde knifflig sein, da Theo sowieso kaum mit mir redete. Ich sah, dass er bei ihren Worten fast seine Augen verdrehte.

Meine drei größten Weihnachts-Enttäuschungen

1. Überhaupt kein Telefon
2. Kein Fisch
3. Nicht mal Erdnussbutter (echt jetzt?!)

Theos größte Weihnachts-Enttäuschung

1. Keine Konzertkarten

Mamas größte Weihnachts-Enttäuschung

1. Tante Pen konnte nicht kommen, weil sie mit ihren Freunden in London war. (Das war auch für mich eine Enttäuschung.)

Papas größte Weihnachts-Enttäuschungen

1. Er kriegte das Feuer im Kamin nicht richtig an. Er sagte, das läge daran, dass das Holz feucht sei, aber Mama schaffte es ziemlich gut, als sie es versuchte.
2. Oma Helene schenkte ihm ein Buch namens *Gärtnern für Dummies*, und er fand das anscheinend gar nicht witzig. Mama und Oma machen sich immer ein

bisschen darüber lustig, dass Papa ein Stadtkind ist und nichts von solchen Dingen wie Feuermachen und Pflanzenanbauen versteht. Papa hat anfangs mit ihnen gelacht, aber ich glaube, er ist es langsam leid.

Was Papa am meisten nervt

1. Leere Milchpackungen, die wieder in den Kühlschrank gestellt werden (meistens von Theo)
2. Stapel von ungeöffneten Briefen
3. Zahnpastakleckse im Badezimmer-Waschbecken
4. Verschwendung von Servietten, Papiertaschentüchern, Druckerpapier – so ziemlich jede Verschwendung aller möglichen Papierprodukte

Vier Dinge, die ich an jenem Abend hörte, nachdem ich in mein Zimmer gegangen war, um meine neuen Malsachen auszuprobieren

1. Mama in der Küche, wie sie »Mele Kalikimaka« von Bing Crosby mitsang
2. Papa, der Zeitungen zusammenknüllte, um sie unter die Scheite im Kamin zu stecken
3. Theo, der oben Schlagzeug spielte

4. Eine Pause beim Trommeln, dann ein statisches Knistern aus meinem Walkie-Talkie, gefolgt von: »Annie, kannst du mich hören?« Es war Theo.

Drei Dinge, die ich bemerkte, nachdem ich Theo gesagt hatte, dass ich ihn hören könnte

1. Theo interessiert sich mehr für die Walkie-Talkies, als er anfangs zugegeben hat (oder ihm ist einfach nur langweilig genug, um sie mal auszuprobieren).
2. Theo spricht lieber per Walkie-Talkie mit mir als persönlich (obwohl wir hauptsächlich nur so was sagten wie: »Kannst du mich hören? Ich bin im Keller«, und: »Ja, ich höre dich – ich bin oben«).
3. Die Walkie-Talkies funktionieren ziemlich gut.

Vier Orte, an denen wir die Walkie-Talkies ausprobierten

1. Theo in seinem Zimmer, ich in meinem
2. Theo in Mamas und Papas Zimmer, ich im Badezimmer
3. Theo im Wohnzimmer, ich in Mamas Büro
4. Theo in der Waschküche im Keller, ich auf dem Dachboden

Das war meine Chance. Ich kletterte auf den Kriechboden über Theos Zimmer (dieses Mal mit seiner Erlaubnis), setzte mich im Schneidersitz hin und drückte den Sprechknopf auf dem Walkie-Talkie. »Theo, wenn du mich hörst, kannst du dann herkommen, damit ich dir etwas zeigen kann?« Er hörte mich.

Drei Dinge, die Theo sagte, als ich ihm den Brief mit der Abfindungsvereinbarung zeigte

1. Das bedeutet, dass Papa gefeuert wurde.
2. Wir sind hierhergezogen, weil Papa seine Stelle in Brooklyn verloren hat, nicht wegen dir.
3. Warum haben sie uns das nicht erzählt?

»Es war also nicht, weil ich mich bei Herrn Laurenz verplappert habe?«, fragte ich ihn.

Theo schaute noch mal auf den Brief. »Nein«, sagte er. »Dieser Brief wurde schon im Februar geschickt, und du hast erst im Mai mit Herrn Laurenz gesprochen. Papa hat sechs Monate überhaupt nicht gearbeitet. Kein Wunder, dass sie noch komischer als sonst waren, wenn es um Geld ging.«

Fünf Dinge, die Theo und ich in unserer Weihnachts-E-Mail an Tante Pen schrieben

1. Frohe Weihnachten!
2. Wir vermissen dich.
3. Wusstest du, dass Papa seine Arbeitsstelle in Brooklyn verloren hat?
4. Warum haben sie uns das nicht erzählt?
5. Was sollen wir jetzt tun?

Ich fragte Theo, ob wir Mama und Papa erzählen sollten, was wir gefunden hatten. Er war sich nicht sicher und meinte, da sie es uns nicht erzählt hätten, müsste es einen Grund geben, warum wir es nicht wissen sollten. Also warteten wir auf eine Antwort von Tante Pen.

Fünf Dinge, die Tante Pen in ihrer E-Mail am 26. Dezember zurückschrieb

1. Euch auch frohe Weihnachten nachträglich!
2. Ich habe gestern versucht, euch anzurufen, aber ich habe hier schlechten Empfang.
3. Wusstet ihr, dass man den heutigen Tag in England Boxing Day nennt, weil es hier erst am zweiten Weihnachtstag Geschenke gibt?
4. Ich vermisse euch auch.
5. Und wie ich schon sagte, wegen der Arbeitsstelle … ich denke, ihr solltet mit euren Eltern reden.

Ich sagte, dass wir dann wohl wieder von vorn anfangen müssten. Theo sah das nicht so, denn wenn Papa seine Stelle nicht verloren hätte, hätte Tante Pen uns gesagt, das sei lächerlich. Dass sie schrieb: »Ihr solltet mit euren Eltern reden«, war so ziemlich der Beweis dafür, dass wir recht hatten.

Sollen wir also mit ihnen reden? Wir sind uns immer noch nicht sicher.

Drei Gründe, warum Theo sich nicht sicher ist, ob wir Mama und Papa nach dem Brief fragen sollen

1. Sie könnten vielleicht sauer sein, dass wir ihre Papiere durchsucht haben.
2. Was macht es für einen Unterschied? Sie werden ja deswegen wohl kaum nach Brooklyn zurückziehen.
3. Falls sie etwas so Wichtiges vor uns verheimlichen, weiß ich nicht, ob ich überhaupt Lust habe, mit ihnen zu reden.

Zwei Gründe, warum ich mir auch nicht sicher bin, dass wir sie fragen sollen

1. Der gleiche wie Theos erster Grund. Was, wenn wir Ärger bekommen, weil wir herumgeschnüffelt haben?
2. Ich habe Angst, dass wir falschliegen. Ich habe Angst, dass sie sagen, unser Umzug hätte nichts mit Papas Arbeit zu tun, und dass ich wirklich der einzige Grund war, warum wir Brooklyn verlassen haben.

Ich werde jedes Mal unruhig, wenn wir in der Nähe meiner Eltern sind. Vielleicht, weil ich ärgerlich bin, dass sie uns etwas verheimlicht haben, vielleicht, weil ich Angst habe, dass sie versuchen, mich vor einer Wahrheit zu schützen, die ich nicht hören will (und vielleicht ein bisschen von beidem). So oder so, Winterferien sind der schlechteste Zeitpunkt, um sich von seinen Eltern wegzuwünschen, weil man tagelang quasi mit ihnen eingesperrt ist.

Fünf Dinge, die ich die restlichen Winterferien über getan habe, während ich versuchte, Mama und Papa aus dem Weg zu gehen

1. Mich in meinem Zimmer verkrochen und weiter an dem Schal gestrickt, den Tante Pen am Erntedankfest mit mir angefangen hatte
2. Mit Theo Videospiele im Keller gespielt
3. Zu viel ferngesehen, was für meine Mutter ziemlich bequem war
4. Mit einem Besenstiel Eiszapfen von der Dachrinne gestoßen (eine erstaunlich befriedigende Tätigkeit)
5. Briefe an Melli geschrieben

Sechs Dinge, die ich Melli in meinen Briefen geschrieben habe

1. Herr Albert gibt nicht zu viele Hausaufgaben auf, und freitags gibt er uns Aufgaben wie: »Backt Kekse!«, oder »Umarmt einen Baum!«

2. Ich habe keine neuen Filme gesehen, denn in dem Kino hier laufen nur welche, die schon eine Ewigkeit draußen sind. Megalangweilig!

3. Unser Haus liegt auf einem Hügel, und wenn es schneit, können wir im Vorgarten Schlitten fahren, solange jemand an der Straße steht und guckt, dass kein Auto kommt.

4. Ich vermisse unsere Lieblingspizzeria in Brooklyn. Die Pizza hier ist nicht mal halb so gut – zu viel Tomatensoße, und die Kruste ist nicht dünn genug.

5. Ich vermisse die Drogerie an der Ecke, deren Besitzer uns immer Lutscher geschenkt hat.

6. Ich vermisse sie.

Ich weiß nicht, warum ich ihr nichts von der Abfindungserklärung geschrieben habe, oder von Theos und meinen neuen Theorien über den Umzug. Wenn wir immer noch in Brooklyn leben würden, hätte ich es ihr sofort erzählt. Wenn man nicht jeden Tag mit jemandem zusammen ist, ist es irgendwie schwieriger, die Dinge zu erklären, die einem Sorgen machen.

Vier Dinge, die Melli in ihren Briefen an mich geschrieben hat

1. Sie hat einen Hamster zu Chanukka, dem jüdischen Fest der Tempelweihe, bekommen.
2. Sie ist mit ihrer Mama in Manhattan shoppen gewesen und sie sind über die Brooklyn Bridge zurückgelaufen, weil bei allen U-Bahnen Chaos herrschte, und es war SAUKALT.
3. Am Ende des Schuljahrs fahren alle Fünftklässler zum Zelten in den Naturpark Bear Mountain.
4. Es gibt ein neues Mädchen an der Schule, aus Frankreich. Sie heißt Juliette. Sie ist cool.

Ich will mehr über diese coole französische Juliette wissen. War sie in dem Gabel-Messer-Löffel-Trio an Halloween? Wird sie jetzt Mellis beste Freundin? Falls Melli eine andere beste Freundin hat, wer wird dann meine?

Vier Gedanken über beste FreundInnen

1. Sie geben dir Sicherheit, weil du immer jemanden hast, mit dem du abhängen kannst, egal, was passiert.

2. Wenn du plötzlich ohne sie dastehst, fühlst du dich einsam.
3. Vielleicht ist es in Ordnung, keine beste Freundin zu haben. Oder mehr als eine beste Freundin zu haben.
4. Vielleicht kann man von einer Person nicht alles bekommen, was man braucht.

JANUAR

Neun Gründe, warum ich am ersten Schultag nach den Winterferien zu spät kam

1. Wir bekamen morgens einen Anruf, dass die Schulbusse sich wegen Glatteis verspäten würden.

2. Ich dachte, dann könnte ich mir beim Fertigmachen Zeit lassen und vielleicht sogar noch mal für ein Weilchen zurück ins Bett gehen, aber Papa sagte Nein, er würde mich auf dem Weg zur Arbeit absetzen. (Das war ärgerlich, denn eigentlich freute ich mich *wirklich* darauf, mit dem Bus zu fahren. Hatte ich erwähnt, dass ich dringend etwas Abstand zu meinen Eltern brauchte?)

3. Ich konnte meine Wasserflasche nicht finden.

4. Mama, die mir normalerweise dabei hilft, Sachen zu finden, war gerade in einer frühen Telefonkonferenz mit einem Kunden und sagte, wir dürften sie nur im Notfall stören.

5. Papa sagte, eine verlorene Wasserflasche sei kein Notfall, also füllte er eine alte Wasserflasche und steckte sie zu meiner Brotdose.

6. Der Deckel der alten Wasserflasche saß locker, und sie lief über meinen ganzen Rucksack aus.

7. Papa suchte ungefähr drei Stunden lang nach seinem Dienstausweis. (Okay, es waren eher zehn Minuten, aber es fühlte sich an wie drei Stunden.)

8. Als wir nach draußen kamen, war es so kalt, dass das Auto nicht ansprang.

9. Als Papa den Wagen nach dem fünften Versuch endlich zum Laufen brachte, fiel ihm auf, dass er seine Thermosflasche mit Kaffee vergessen hatte, und er musste wieder reinrennen, um sie zu holen. Als er wieder rauskam, fuhr der Bus gerade an unserer Einfahrt vorbei. Letztendlich fuhren wir die meiste Zeit der Fahrt hinter ihm her. Ich starrte aus dem Seitenfenster, als die Kinder im Bus uns doofe Grimassen schnitten und mit ihren Fingern auf die beschlagenen Scheiben malten.

Als wir die Schule erreichten, sagte ich kein Wort zu Papa. (Nicht, dass es ihm was ausgemacht hätte. Er war auch grantig, grummelte etwas davon, dass er sich in der Großstadt nie Sorgen darüber machen musste, ob an kalten Tagen das Auto ansprang oder nicht.) Und ich war mehr als bereit, wieder unter anderen Leuten zu sein – außerhalb meiner Familie.

Fünf Dinge, deretwegen meine Laune noch schlechter wurde, als ich in der Schule war

1. Zora erzählte mir, dass Frau Martin, die Busfahrerin, allen Kindern Schokobonbons geschenkt hatte, die Weihnachten bei ihr übrig geblieben waren.

2. Amelie sagte: »Zora, zeigen wir Annie unsere Uhren!«, und sie nahm Zoras linkes Handgelenk und streckte mir ihre beiden Arme entgegen, damit ich sehen konnte, dass sie die gleichen Uhren trugen, mit einer Reihe kleiner grauer Koalabären, die über das rosa Armband marschierten.

3. Amelie fügte hinzu: »Das war mein Weihnachtsgeschenk für Zora. Meine Eltern haben mir auch eine geschenkt. Koalabären waren schon immer unsere Lieblingstiere, nicht wahr, Zora?« Zora nickte still, aber es schien ihr peinlich zu sein, dass Amelie so ein Gewese um die Uhren machte.

4. Ohne nachzudenken, sagte ich: »Wirklich Koalabären? Ich dachte, Katzen wären Zoras Lieblingstiere.« Zora erwiderte: »Sind sie auch. Aber ich mochte Koalabären, als ich klein war.« Amelie sah mir direkt in die Augen und sagte: »Wir beide haben *immer schon* Koalabären geliebt.«

5. Beim Mittagessen, während Zora noch in der Schlange auf ihr Essen wartete, zog Amelie eine Postkarte aus ihrem Rucksack und sagte: »Ihr müsst euch diese Nachricht anhören, die Zora mir von Jamaica geschickt hat. Sie ist so witzig.« Sie begann vorzulesen: »›Liebe Amelie, vielen lieben Dank für die Koalabären-Uhr, die du mir geschenkt hast, bevor ich abgereist bin. Ich liebe sie! Ich habe sie in meinen Beutel gepackt, damit ich sie mit nach Jamaica nehmen kann. Alles Liebe, deine beste Freundin Zora.‹«

»Was ist so lustig daran?«, fragte Kathi.

»Kapierst du es nicht?«, fragte Amelie, als wäre Kathi eine Idiotin. »Es ist eine *Koalabären*-Uhr, und sie schrieb, sie hätte sie in ihren *Beutel* gepackt?«

»Oh, okay«, sagte Kathi und warf mir einen Seitenblick zu. Aber ich achtete nur auf die Postkarte. Denn als Amelie sie zurück in ihren Rucksack schob, erhaschte ich einen Blick auf Zoras Unterschrift. Da stand nur: »Bis bald, Z.« Da stand *nicht*: »Alles Liebe, deine beste Freundin Zora.« Das hatte Amelie sich ausgedacht.

Ich weiß, all das hätte mich nicht deprimieren sollen, aber das tat es. Ich hatte noch nie Kinder gekannt, die anderen Kindern etwas zu Weihnachten schenkten, außer sie gehörten zur gleichen Familie und ihre Eltern verlangten das. Es war, als ob Amelie und Zora so eine ernsthafte Erwachsenen-Freundschaft führten. Und warum hatte Amelie gelogen, was die Unterschrift von Zora auf der Postkarte betraf? Wir wussten schon, dass sie praktisch seit ihrer Geburt Freundinnen waren; sie musste sich nicht irgendwas ausdenken, um es zu beweisen.

Und drei Dinge in der Schule, deretwegen meine Laune endlich besser wurde

1. Zora hatte Amelie, Kathi und mir von Jamaica Muschelarmbänder mitgebracht. An meinem baumelte ein kleiner Delfin-Anhänger, Kathi hatte einen Seestern und Amelie ein Seepferdchen. (Vielleicht habe ich mir das nur eingebildet, aber Amelie sah ein bisschen enttäuscht aus.)

2. In Herrn Alberts Unterricht über Interrogativpronomen fragte er uns, welches Wort grammatikalisch korrekt sei: »wem« oder »wessen«. Ein paar Minuten später reichte Kathi mir ein Stück Papier. Darauf hatte sie eine zusammengerollte Schlange mit Sonnenbrille und hochgezogenen Augenbrauen gezeichnet, und darunter stand: »Wessssssen.« Außerdem

schrieb sie noch: »Hast du heute nach der Schule Zeit?«

3. In der Mittagspause rief ich Mama an und fragte, ob ich mit zu Kathi gehen könnte, und sie sagte, es sei in Ordnung, solange wir unsere Hausaufgaben machten.

Seltsame Dinge, die ich mich immer schon gefragt habe

1. Wie es wäre, mit der Kleidung in einem Trockner herumzuwirbeln
2. Wer ich wäre, wenn meine Eltern andere Leute geheiratet hätten
3. Ob Menschen die Dinge wirklich alle gleich sehen. Zum Beispiel: Sehen Dinge, die für mich blau aussehen, für andere Menschen rot aus? Und falls es so ist, wie würden wir das jemals merken?
4. Wenn ich heute eine Sache anders gemacht hätte – zum Beispiel mir meinen linken Schuh vor dem rechten schnüren –, hätte das irgendwie mein ganzes Leben verändern können? Oder vielleicht sogar die Welt?

Fünf Dinge, die Melli und ich an kalten Tagen in Brooklyn gemacht haben

1. Auf der Eislaufbahn im Prospect Park Schlittschuh laufen

2. Im Park nach Schnee suchen, den noch keiner betreten hat, und unsere Namen mit einem Stock reinschreiben

3. An meinem Wohnzimmerfenster sitzen und zählen, wie viele Leute auf dem glatten Gehweg ausrutschen

4. Kaputte Wachsmalkreide auf Wachspapier auf die Heizungsabdeckung in Mellis Zimmer legen und darauf warten, dass sie schmilzt (Dass wir Wachspapier benutzen müssen, haben wir auf die harte Tour gelernt. Der Tropffleck in Regenbogenfarben auf der Heizungsabdeckung ist der Beweis dafür. Ups.)

5. Das Highschool-Jahrbuch von meiner Mama lesen. Ich weiß, das klingt langweilig, aber Mamas Jahrbuch ist superlustig. Alle hatten monströse Frisuren. Melli hat gern die Namen verdeckt und mich raten lassen, um zu sehen, wie viele Leute ich identifizieren konnte. (Es waren sehr viele, zum Teil wegen meines verrückten Gedächtnisses und zum Teil, weil ich viele kalte und verregnete Tage mit diesem Jahrbuch verbracht habe.)

Vierundzwanzig Dinge, die man an einem kalten Tag in Kleewinkel nach der Schule machen kann

1. Versuchen, im gerammelt vollen Bus nicht vom Sitz zu fallen, weil alle Rucksäcke und Parkas tragen
2. Von der Bushaltestelle aus mit kleinen Trippelschritten laufen, damit man nicht auf dem Eis ausrutscht
3. Seinen Namen in den Schnee schreiben – oder einen Schneeengel machen –, wo immer man will (Es gibt viel mehr unberührten Schnee hier als im Park in Brooklyn.)
4. Wenn man Glück hat, ist eine Freundin wie Kathi dabei und hilft, Schneebälle zu machen, mit denen man sich gegen die älteren Kinder aus der Nachbarschaft verteidigen kann, die früher nach Hause gekommen sind.
5. Kathi »LAUF!« zuschreien, wenn sie die Treppe vor ihrem Haus erreicht, weil die älteren Kinder sich hinter einem Busch verstecken und Schneebälle werfen
6. Die Angreifer mit Schneebällen bewerfen und reinrennen, die Tür hinter sich zuknallen
7. Durch das Fenster zusehen, wie die Angreifer ihre Schneebälle für später wieder aufstocken
8. In Kathis Vorratskammer herumstöbern, bis man genug Snacks gefunden hat

9. Nach draußen gehen und eine Schüssel voll sauberem Schnee sammeln

10. Schneecreme machen (Den Schnee mit Sahne, Zucker und Vanille mischen. Das habe ich vorher noch nie probiert, wahrscheinlich, weil es in Brooklyn schwierig war, an sauberen Schnee zu kommen.)

11. Schneecreme essen

12. Über verschiedene Unternehmen sprechen, die man gründen könnte

13. Beschließen, dass die beste Wahl für ein neues Unternehmen Antiquariate und Detektivbüros sind

14. Einen dritten Snack essen

15. Sich von Kathis Babysitter zum fünften Mal an die Hausaufgaben erinnern lassen

16. Mit den Hausaufgaben anfangen

17. Darüber reden, wer in unserer Klasse wessen Schwarm ist (Falls Herr Albert das hier lesen würde, würde er sich freuen, dass ich daran gedacht habe, »wessen« zu benutzen.)

18. Mit den Hausaufgaben ein bisschen weitermachen

19. Kathi Fragen über die Leute in der Schule stellen (mehr dazu später)

20. Üben, unsere Namen in Ballonbuchstaben zu schreiben
21. Sich von Kathi verabschieden, weil ihr Babysitter sagt, dass wir nicht genug Hausaufgaben schafften und es Zeit ist, zu gehen
22. Mama anrufen, damit sie mich abholt
23. Nach Hause fahren und die Hausaufgaben zu Ende machen
24. Großen Bruder ärgern

Eine gute Sache an dem Brief mit der Abfindungserklärung: Nachdem ich ihn Theo gezeigt hatte, gab er mir nicht mehr die ganze Schuld an unserem Umzug nach Kleewinkel. Auf jeden Fall fühlte ich mich in der Nähe meiner Eltern immer unbehaglicher, da ich mich fragte, was sie uns noch verheimlichten (zum Beispiel, wie ernst unsere Geldsorgen wirklich waren und ob es in ihren Jobs jetzt gut lief). Wenigstens lief es zwischen Theo und mir fast wieder normal. Soll heißen, wir redeten mehr, und ich hatte auch keine Angst, ihn zu ärgern, so wie früher.

Zehn großartige Wege, um einen älteren Bruder zu ärgern

1. Dich in die Türöffnung stellen, wenn seine Zimmertür geschlossen ist, und mit Armen und Beinen am Türrahmen abstützen. Sobald er die Tür aufmacht, erschreckt er sich zu Tode. Das Warten lohnt sich.

2. Singen. Egal, was. Alles wird ihn nerven, solange es von dir kommt.

3. Wenn möglich, den Liedtext ändern, sodass ein Mädchen drin vorkommt, von dem du vermutest, dass er es mag

4. Direkt neben ihm sitzen, wenn er fernsieht

5. Vor dem Bildschirm stehen, wenn er ein Videospiel macht

6. Ihm beim Essen zugucken

7. Ihn mit einem niedlichen Spitznamen ansprechen. (In diesem Fall funktioniert das besonders gut, da Theo seinen Spitznamen hasst, denn der lautet »Teddy«.)

8. Dich ein kleines bisschen auf seine Seite des Rücksitzes lehnen, wenn ihr im Auto seid
9. Herzaufkleber auf seine Notizbücher kleben
10. Alles, was er sagt, nachahmen (Klar, das ist kindisch, aber Brüder sind das auch.)

Fünf Dinge, die ich an Kathi mag

1. Selbst nach dem Zwischenfall mit der fliegenden Unterhose summte sie weiter.
2. Sie brachte mir das Zeichensprache-Alphabet bei, das sie aus dem Film *Wunder geschehen* gelernt hatte, und sie benutzt es, um mir quer durchs Klassenzimmer Geheimbotschaften zu schicken (zum Beispiel »L-A-N-G-W-E-I-L-I-G«, und ich habe ihr »M-E-G-A-L-A-N-G-W-E-I-L-I-G« beigebracht).
3. Sie ist nicht gut im Kickballspielen, genau wie ich, aber das macht ihr anscheinend nichts aus.
4. Und genau wie mir fällt ihr eine Menge an anderen Leuten auf (was praktisch ist, wenn ich Fragen zu den Kindern an der Schule habe).
5. Sie stellt mir viele Fragen über Brooklyn – wie meine Schule war, ob ich mit der U-Bahn gefahren bin, wer meine Freunde dort waren. Es fällt leicht, mit ihr zu reden.

Drei Fragen, die ich Kathi nach der Schule stellte

1. Warum springt Elias immer hoch und versucht überall, den Türsturz zu berühren? (Antwort: Er hat einen jüngeren Bruder, der im letzten Jahr zweieinhalb Zentimeter größer geworden ist als er. Ich glaube, Elias hofft, dass er durch das Springen besser wächst.)

2. Warum trägt Charlie ständig Hüte? (Antwort: Keine Ahnung. Vielleicht, um seine Ohren zu verstecken.)

3. Mag Amelie mich nicht? (Antwort: Sie mag dich nicht *nicht*. Aber sie und Zora waren schon lange Freundinnen. Amelie kann ganz schön besitzergreifend sein.) Das hatte ich mir auch schon so langsam gedacht, aber es war gut, es von jemand anderem zu hören.

Vier Dinge, die für Amelie wahrscheinlich ein großes Problem wären

1. Ein Mangel an runden Bleistiften

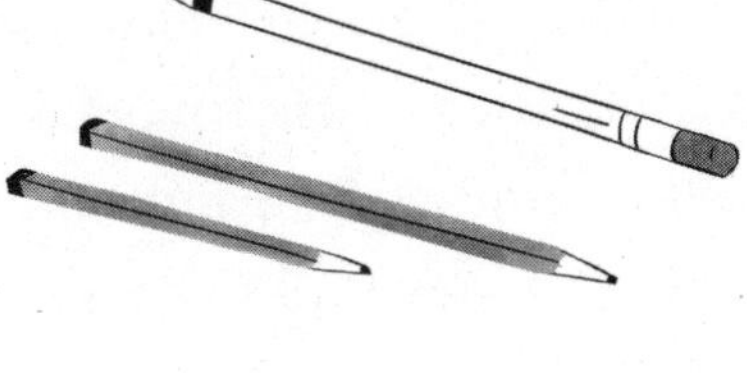

2. Wenn sie am Montagabend entdeckt, dass ihr Dienstags-Outfit in der Schmutzwäsche ist

3. Ein gestoßener Zeh

4. Abgeplatzter Nagellack

Vier Dinge, die gerade für mich ein großes Problem sind

1. Die Sorge, dass Amelie mich hasst

2. Die Sorge, dass meine Eltern sich immer Gedanken um Geld machen werden

3. Die Frage, warum meine Eltern wegen des Umzugs gelogen haben, und das Gefühl, dass ich ihnen nicht vertrauen kann

4. Sicherstellen, dass ich genug Freunde habe

Drei Träume, die ich über Brooklyn habe

1. Ich entdecke eine geheime Öffnung im alten Wandschrank in meinem Zimmer, die in ein großes Haus mit einem Garten führt.

2. Ich spiele Mauerball auf dem Schulhof meiner alten Schule, als die Mauer verschwindet, und dahinter stehen alle Kinder aus meiner neuen Klasse. Außerdem verwandelt sich der Ball in eine riesige Unterhose.

3. Ich streite mich mit Melli. Bei dem Streit geht es um irgendwas Dummes, zum Beispiel, wer mehr Sommersprossen hat, und ich bin so frustriert, dass ich am liebsten schreien würde. Als ich aufwache, bleibt das Gefühl, obwohl der Traum vorbei ist, und ich bin immer noch eine halbe Stunde sauer auf Melli.

Fünf Dinge an Melli, die ich vermisse

1. Wie sie meistens wusste, was ich dachte, ohne dass ich etwas gesagt habe
2. Wie wir uns in einem marmorierten Notizbuch Nachrichten schrieben. Wenn ein Notizbuch voll war, fingen wir ein neues an. Wir behielten sie abwechselnd, wenn sie fertig waren.
3. Ihre lustigen erfundenen Wörter, zum Beispiel »Nöee!« (anstatt »Nein!«) oder »WW?!«, was bedeutete, dass sie überrascht war.
4. Es machte ihr nie was aus, dass ich still war. Sie sagte: »Stille Leute sind interessant.«
5. Sie fand es nicht seltsam, dass ich mir alles über jeden merken konnte.

Ich habe mich ziemlich gut an den Schwur gehalten, meine Beobachtungen und mein gutes Gedächtnis für mich zu behalten. Aber manchmal vergesse ich es. Als

Amelie mich eines Tages fragte, ob sie sich einen Bleistift ausleihen könnte, sagte ich: »Klar, aber ich habe nur normale gelbe.« Sie fragte mich, was das für eine Rolle spielte, und ohne nachzudenken, sagte ich: »Na ja, ich weiß, dass du nur runde nimmst.«

»Nein, tue ich nicht«, sagte sie und verengte die Augen. Dann wandte sie sich ab und lieh sich stattdessen einen Bleistift von Kathi. Einen runden.

FEBRUAR

Drei Dinge, die man sich vor dem Valentinstag an einer neuen Schule fragt

1. Machen Fünftklässler hier überhaupt etwas zum Valentinstag?
2. Wenn ja, was schenken sie sich? Karten? Süßigkeiten? Stifte?
3. Und falls meine Klasse ihn feiert, soll ich dann allen was schenken? Oder nur den Mädchen?

Drei Leute, die meine Fragen beantworteten

1. Herr Albert, der einen Brief nach Hause schickte, in dem stand: »Wenn du Valentinsgeschenke mitbringst,

dann achte darauf, dass du für jeden Schüler aus der Klasse eins hast.«

2. Zora sagte: »Ja, bring was mit! Und vergiss die Süßigkeiten nicht. Herr A wird uns wahrscheinlich Stifte schenken, aber Kinder schenken sich was Süßes.«

3. Kathi, die Zora recht gab: »Die meisten Kinder bringen einen kleinen Schokoriegel für jeden in der Klasse mit. Du kannst die Namen aufs Papier schreiben, dann musst du keine kitschigen Karten kaufen.«

Vier Dinge, die ich am Valentinstag in der Schule bekommen habe

1. Acht Mini-Packungen Gummidrops
2. Sieben Brausepäckchen
3. Zehn kleine Schokoriegel
4. Zwei Stifte

Die Stifte waren von Herrn Albert. Sie waren rund, und ich glaube, Amelie wirkte zufrieden.

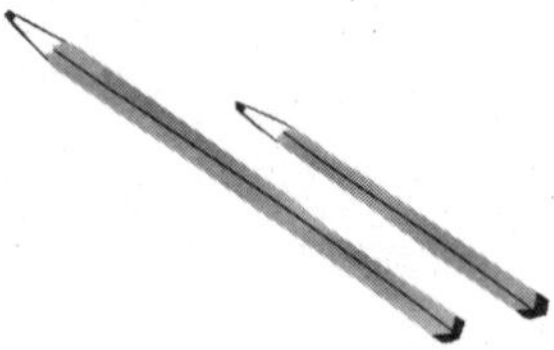

Vier erstaunliche Dinge am Valentinstag in der Schule

1. Alle haben tatsächlich was mitgebracht. Sogar die Jungs. (An meiner alten Schule hat die Hälfte der Jungs schon in der vierten Klasse nichts mehr zum Valentinstag gemacht.)

2. Charlie schenkte Zora nur eine kleine Packung Gummidrops, wie allen anderen. Schätze, er wollte nicht *zu* sehr zeigen, dass er in sie verknallt ist. Oder ist er es vielleicht gar nicht mehr?

3. Wir durften bei Herrn Albert Süßigkeiten essen.

4. Es war witzig. (Den ganzen Nachmittag verlor niemand ein Wort über Pronomen, Hauptstädte oder Textaufgaben. Wir kritzelten auf Papierherzen herum und redeten mit unseren Freunden, während wir Schokolade mampften. Alles in allem kein schlechter Schultag.)

Eine Sache am Valentinstag, die nicht besonders überraschend war. Und auch nicht witzig.

1. Als Amelie die kleinen Päckchen Zimtbonbons sah, die ich allen schenkte, sagte sie: »Oh, die magst du? Ich finde sie viel zu scharf. Es überrascht mich, dass du Zora kein persönliches Geschenk gegeben hast. Sonst merkst du dir doch immer alles, was sie mag.«

»Ich nehme sie«, sagte Zora. »Ich liebe nämlich Zimtbonbons. Das ist noch was, das du dir merken kannst.«

Drei Dinge, die ich in dem Moment am liebsten getan hätte

1. Zora um den Hals fallen
2. Alle perfekten Stifte von Amelie in der Mitte durchbrechen
3. Aus dem Klassenzimmer stürzen. Woher wusste Amelie, dass ich mir Dinge über Zora merkte? Ich war so vorsichtig, mein gutes Gedächtnis zu verbergen. Wusste Amelie, dass ich mir eigentlich Dinge über *jeden* merken konnte?

Eine Sache, die ich stattdessen tat

1. Mich zu Zora umdrehen und sagen: »Mein Papa löst sie auf und macht damit Zimtäpfel. Du solltest mal vorbeikommen und es mit uns zusammen machen.«

Zoras Augen wurden riesengroß, und sie sagte, dass wollte sie auf jeden Fall mal ausprobieren. Amelie saß hinter mir, darum konnte ich ihre Augen nicht sehen, aber ich spürte die Laserblitze, die sie durch meinen Hinterkopf schossen.

Ich erwähnte nicht, dass Papa kaum gekocht hatte, seitdem wir hergezogen waren, und ich darum nicht sicher war, ob ich dieses Angebot so bald wahrmachen konnte. Obwohl er so begeistert von unserer großen Küche gewesen war, hatte er zu viel gearbeitet, um sie zu benutzen. Sobald es wärmer war, war er immer draußen auf der Baustelle. Jetzt im Winter wurde weniger gebaut, dafür blieb er länger im Büro, weil er und die anderen Ingenieure Pläne für den Frühling machen mussten. Ich wusste, dass die Zimtäpfel vielleicht warten mussten.

Zwei Valentinsgeschenke, die zu Hause auf mich warteten

1. Eine Schachtel mit Schokolade von Oma Helene
2. Herzchen-Ohrringe von Tante Pen mit einer Notiz, auf der stand: »Deine Mama hat mir von deiner Buch-Aufgabe erzählt. Hier ist etwas Extramotivation!«

Zwei Dinge, die ich hätte sagen sollen, als Mama mir die Geschenke gab

1. Ist das nicht nett von ihnen?
2. Alles Liebe zum Valentinstag, Mama!

Eine Sache, die ich nicht hätte sagen sollen

1. Tja, ist es nicht nett, dass wenigstens *irgendjemand* aus dieser Familie mir etwas zum Valentinstag geschenkt hat?!

Das hätte ich *nicht* sagen sollen. Aber ich tat es.

Zwei Dinge, die Mama danach machte

1. Ruckartig ihren Daumen in Richtung Esszimmer strecken
2. In ihr Büro stampfen und die Tür zuschlagen

Zwei Dinge, die ich im Esszimmer fand

1. Blumen von Papa
2. Einen Gedichtband von Mama

Zwei Dinge, die ich sagte, nachdem ich an die Bürotür geklopft hatte

1. Es tut mir leid.
2. Danke für das Buch.

Mama murmelte nur: »Keine Ursache« und sagte, sie müsse einen Kunden anrufen. Ich stand noch ein Weilchen an der Tür, aber ich hörte sie nicht telefonieren. Ich konnte mich nicht daran erinnern, wann ich zum letzten Mal bei ihr im Büro herumgehangen und ihr bei der Arbeit zugesehen hatte.

Zwei Gründe, warum sich Mama wahrscheinlich gern in ihrem Büro verkriecht

1. Sie kann Theo und mir entkommen, wenn wir so schnippisch sind wie ich gerade.
2. Es ist einfacher, Geheimnisse vor deinen Kindern zu haben, wenn sie nicht in der Nähe sind.

So oder so bin ich vermutlich nicht die Einzige, die im Moment etwas Abstand braucht. Schließlich drehte ich mich um und ging hoch in mein Zimmer. Ich nahm Tante Pens Ohrringe mit, damit ich sie anhalten und mir vorstellen konnte, wie sie wohl aussahen, wenn ich erst mal Ohrlöcher hatte.

Vier Gedanken zu meinen Ohrlöchern

1. Es wird höchste Zeit! (Ich habe keine wissenschaftliche Untersuchung angestellt, aber ich bin ziemlich sicher, dass ungefähr 90 Prozent aller Mädchen in meinem Alter Ohrlöcher haben. Zumindest ist das die Statistik, die ich Mama immer vorhalte, und ich bleibe dabei.)
2. Sobald ich meine ersten kleinen Ohrstecker rausnehmen darf, will ich Peace-Zeichen haben. Oder Pandas. Oder beides.
3. Ich frage mich, wie doll es wehtut.
4. Aber es ist mir egal. Mama sagt, ich hatte immer eine hohe Schmerzgrenze, was gut ist für jemanden, dem so viele Missgeschicke passieren wie mir.

Vier unverhoffte Verletzungen durch Missgeschicke (ja, das alles ist mir passiert)

1. Sich den Finger an einem Basketball stoßen
2. Den Daumen tackern
3. Sich einen Zahn ausschlagen, indem man eine Kunststoffverpackung mit dem Mund aufmacht

4. Und, kürzlich erst ... stolpern – während man einen Bleistift mit der Spitze nach oben hält – und sich den Bleistift in den Arm jagen

Zwölf Dinge, die passierten, nachdem ich mir den Bleistift in den Arm gejagt hatte

1. Mein Arm fing an zu bluten.
2. Herr Albert sagte, ich sollte zur Krankenschwester gehen.
3. Er sagte Amelie, sie sollte mitgehen.
4. Amelie stand auf, aber sie schwankte etwas.
5. »Ich kann kein Blut sehen«, erzählte sie mir, als wir in den Flur traten.
6. Ich sagte ihr, sie könnte zurückgehen, wenn sie wollte, dann würde ich allein zum Büro der Krankenschwester gehen.
7. Sie sagte: »Nein, geht schon.«
8. Als wir beim Büro der Krankenschwester ankamen, sah Amelie ziemlich grün aus.
9. Schwester Tanja reinigte die »Einstichstelle«, wie sie es nannte, und gab mir ein Pflaster, während Amelie von der Tür aus zusah.

10. Schwester Tanja erklärte mir, dass ich einen kleinen grauen Fleck auf meinem Arm haben würde … für den Rest meines Lebens. »Es ist wie eine Tätowierung«, sagte sie. »Siehst du? Ich habe eine an meiner Hand, damals war ich in der dritten Klasse.«

11. Und da beugte sich Amelie über Schwester Tanjas Waschbecken und erbrach sich.

12. Schwester Tanja schickte mich mit einer Nachricht für Herrn Albert in die Klasse zurück, in der sie erklärte, warum ich wiederkam und Amelie nicht. Ich gab ihm die Nachricht, weil ich musste, aber ich schwor mir, dass ich diese Geschichte sonst niemandem erzählen würde. Ich wusste schon, dass Amelie nicht viel von mir hielt, und es würde die Sache nicht besser machen, wenn ich ausplauderte, dass ihr schlecht geworden war (obwohl es Spaß gemacht hätte, eine Amelie-Kotz-Geschichte weiterzuerzählen).

Vier Fragen, die Kathi mir stellte, als sie an dem Tag nach der Schule vorbeikam

1. Warum ist Amelie nicht zurück in die Klasse gekommen, nachdem sie mit dir bei der Krankenschwester war? (Antwort: Ähm, ich glaube, sie ist nach Hause gegangen.)

2. Warum? (Antwort: Na ja … Ich glaube, sie hat irgendwas auf ihren Donnerstagsrock verschüttet.)

3. Was ist ein Donnerstagsrock? (Antwort: Du weißt schon … der Rock, den sie an Donnerstagen trägt.)

4. Wovon redest du? (Antwort: Egal. Willst du was essen?)

Kathi schaute mich eine Sekunde lang komisch an, aber zum Glück schien das Essen sie abzulenken. Ich hatte mich so sehr darauf konzentriert, Amelies Kotz-Geheimnis zu bewahren, dass ich fast ausgeplappert hätte, dass ich ihren Outfit-Kreislauf auswendig kannte (und dass ich insgeheim ihren braunen Rock den »Donnerstagsrock« nannte – also, jeden zweiten Donnerstag … du weißt schon, was ich meine).

Neun Dinge, die ich seit dem Umzug hierher beobachtet habe, bei denen ich aber so tue, als ob ich mich nicht dran erinnere

1. Wie Zoras Bruder Markus (dreizehn Jahre alt) sich allein die Kindergarten-Band *Frische Freunde* anschaute, als ich bei ihnen zu Hause war

2. Kathis Sammlung von »Mein kleines Pony«-Pappbilderbüchern

3. Wie Elias einmal beim Mittagessen einen von Charlies Keksen genommen und in seine Manteltasche gesteckt hat, als Charlie gerade wegguckte
4. Amelies Outfit-Kreislauf
5. Zoras Angewohnheit, beim Schreiben die Zunge rauszustrecken
6. Zoras Initialen, die in einem Herz auf der Sohle von Charlies Turnschuh stehen (entweder ist das Herz alt, oder er ist noch immer verknallt)
7. Wie Herr Albert jeden Freitag nach dem letzten Klingeln seine Frisur im Spiegel überprüft
8. Wie Herr Albert sich letzten Freitagnachmittag lachend mit Schwester Tanja neben ihrem Auto unterhalten hat
9. Wie Amelie ihr Mittagessen im Büro der Krankenschwester von sich gegeben hat

Ich weiß, wahrscheinlich gehört es sich einfach, solche Dinge nicht weiterzusagen, aber mal ehrlich: Wie verführerisch ist es, *irgendjemandem* von meiner Albert-Tanja-Theorie zu erzählen? Doch ich habe meine Lektion gelernt und halte den Mund.

Fünf Dinge, die ich befürchte, wenn ich irgendwem irgendwas davon erzählen würde

---

1. Wem auch immer ich davon erzählen würde (wahrscheinlich Kathi oder Zora), würde das Geheimnis nicht bewahren können
2. Ich könnte jemanden unbeabsichtigt in Schwierigkeiten bringen.
3. Ich könnte mich selbst unbeabsichtigt in Schwierigkeiten bringen.
4. Die Leute würden mich für bekloppt halten, weil mir so viel auffällt und ich mich an so viel erinnere.
5. Ich bin bereits »die Neue«; ich will nicht auch noch »die abgefahrene Spionin« sein. Ich bin wirklich reif dafür, einfach nur »ein Kind« zu sein.

Aber es gibt eine Sache, bei der ich es WIRKLICH leid bin, den Mund zu halten

---

1. Die Abfindungserklärung

Es wird mir langsam zu viel. Je länger Theo und ich sehen, wie Papa versucht, die Dinge in Kleewinkel auf die Reihe zu kriegen, umso deutlicher wird es, dass er eigentlich nie aus der Stadt wegziehen wollte – obwohl er versucht, uns das Leben hier total schmackhaft zu machen. Anscheinend mussten wir nur umziehen, weil er keine andere Arbeitsstelle in New York finden konnte.

Vier Dinge, von denen Papa hier anscheinend keine Ahnung hat

1. Feuer im Kamin machen

2. Sich um häusliche Dinge wie Küchenabflüsse, verstopfte Dachrinnen und undichte Decken kümmern (im Grunde alles, was in Brooklyn der Hausmeister für uns gemacht hat)

3. Autofahren (Da Papa in der Stadt aufgewachsen ist, ging er überallhin zu Fuß oder nahm die U-Bahn und musste fast nie mit dem Auto fahren. Seitdem wir hier wohnen, ist er ein paarmal nur knapp an geparkten Autos und Telefonmasten vorbeigeschrammt. Wenn wir weiter fahren müssen, fährt normalerweise Mama.)

4. Winken (Ich weiß, das klingt dämlich, aber fast alle winken den Leuten zu, denen sie hier auf der Straße begegnen, egal, ob sie sie kennen oder nicht. Mama findet das nett. Papa findet es seltsam und behauptet, dass er es immer vergesse. Dann sagt Mama, er sei einfach nur unhöflich.)

Darum haben wir den Verdacht, dass er nie wirklich hierherziehen wollte und dass wir aus einem Grund hier sind, den sie uns verschweigen … zum Beispiel, weil Papa seine Stelle verloren hat.

Schließlich ging ich zu Theo und sagte ihm, es sei an der Zeit, mit Mama und Papa darüber zu reden. Genau in dem Moment kam Mama in Theos Zimmer.

Drei Dinge, die Mama fragte, nachdem sie auf Theos Bürostuhl geplumpst war

1. Habt ihr eure Hausaufgaben gemacht? (Unsere Antwort: Ja.)
2. Wer ist heute Abend mit Tischdecken dran? (Theos Antwort: Ich.)
3. Und dann, vielleicht, weil wir seltsam einträchtig wirkten: Ist alles in Ordnung mit euch beiden?

Drei Dinge, die Theo dann sagte

1. Warum habt ihr uns nicht erzählt, dass Papa seine alte Stelle verloren hat?
2. Annie dachte, dass wir wegen ihr umziehen mussten. Wegen Herrn Laurenz und der Reinigung.
3. Und wenn Papa seine Stelle schon im Februar verloren hat, was hat er dann die ganzen Monate gemacht, als wir dachten, er geht zur Arbeit?

Wohin wir alle danach schauten

1. Theo: zu Mama
2. Mama: zu mir
3. Ich: auf den Boden

Dann fing Mama an zu weinen.

Vier Male, bei denen ich meine Mama habe weinen sehen

1. Als ihre Oma starb
2. Als ich in die Schule kam

3. Als Theo und ich einmal drei ganze Stunden gestritten haben, nachdem wir fast eine Woche lang alle eingeschneit gewesen waren
4. Als sie hörte, dass ich glaubte, wir hätten meinetwegen umziehen müssen

»Annie, es tut mir so leid. Wir müssen wirklich reden«, sagte sie, nachdem sie mit dem Weinen aufgehört hatte. Als Papa an dem Abend von der Arbeit nach Hause kam, redeten wir miteinander.

Sieben Dinge, die Papa an dem Abend beim Essen sagte

1. Wir sind nicht meinetwegen umgezogen.
2. Er hat seine Stelle in Brooklyn verloren, weil sein Ingenieurbüro Geldprobleme hatte. Sie hatten nicht genug Aufträge und mussten Leute entlassen.
3. Er hat uns nichts davon erzählt, weil er uns keine Angst machen wollte.
4. Er verbrachte trotzdem noch viel Zeit in Manhattan und suchte nach einer neuen Stelle oder traf sich mit Freunden, die vielleicht von freien Stellen wussten … darum hatten wir keine Ahnung, dass er in Wirklichkeit arbeitslos war. (Er gab zu, dass er auch eine

Menge langer Spaziergänge gemacht und sich ein paar Kinofilme angeschaut hatte.)

5. Es stimmt, dass er und Mama (okay, hauptsächlich Mama) darüber nachgedacht hatten, aus der Stadt wegzuziehen, und zum Glück fand er endlich Arbeit an der Autobahn hier draußen. (Aber das Gehalt ist niedriger, und seine Chefs sind nicht sicher, ob sie Papa weiter beschäftigen können, wenn die Autobahn fertig ist. Darum müssen wir immer noch sparsam mit Geld umgehen.)

6. Das Leben in einer Kleinstadt ist auf jeden Fall eine Umstellung für ihn, aber er versucht, sich mehr auf die guten Dinge zu konzentrieren, wie zum Beispiel im Garten Blumen zu pflanzen und Leute zum Grillen einzuladen. (Das war nicht gerade das überzeugendste Argument, wenn man bedenkt, dass es Februar war, aber ich spürte, dass er unbedingt Beispiele nennen wollte – vielleicht, um sich selbst genauso zu überzeugen wie alle anderen.)

7. Bitte haltet eure Sorgen nicht vor uns geheim (zum Beispiel, dass du dachtest, wir hätten deinetwegen umziehen müssen). Wir wollen immer wissen, was in eurem Kopf vorgeht.

Ein ziemlich kluges Argument von Theo daraufhin

---

1. Aber ihr habt uns nicht gesagt, was in *eurem* Kopf vorgeht. Warum erwartest du von uns, dass wir dir Dinge erzählen, obwohl du uns nicht erzählt hast, dass du deine Stelle verloren hast?

Zwei Dinge, die Papa zugab

---

1. Es tut mir leid.

2. Du hast recht.

Drei Dinge, die ich Papa fragte, nachdem Mama Theo verpflichtet hatte, ihr in der Küche zu helfen

---

1. Warum hast du so getan, als wolltest du nur aus Spaß hierherziehen? (Antwort: Deine Mama wollte wirklich schon seit längerer Zeit aus der Stadt wegziehen. Ich dachte, es sei wichtig für sie, dass wir alle der Sache eine Chance geben.)

2. Wusstest du, dass ich dachte, wir müssten nur meinetwegen umziehen? (Antwort: Ich hatte ehrlich keine Ahnung. Wenn ich das gewusst hätte, hätte ich dir das sofort ausgeredet.)

3. Du versuchst also, für Mama glücklich zu sein … aber eigentlich gefällt es dir *nicht*? (Antwort: An manchen Tagen ja, an manchen nicht. Aber auch in Brooklyn gab es gute und schlechte Tage. Ich *möchte* immer noch, dass es mir hier gefällt, und das ist ein großer Vorteil.)

»Ich möchte auch, dass es mir hier gefällt«, sagte ich. »An den meisten Tagen tut es das auch, glaube ich.«

»Nun«, sagte er und strich mir eine Haarsträhne hinters Ohr, »danke, dass du das sagst. Das zu wissen, hilft mir sehr dabei, dass es *mir* hier auch gefällt.«

Eine letzte Frage, die ich stellte, als Mama und Theo wieder da waren (Mama brachte einen Teller mit Keksen, obwohl kein Dessert-Abend war)

1. Werden wir jemals nach Brooklyn zurückziehen?

Obwohl Theo ein paar tapfere Dinge gesagt hatte, hatte er bis jetzt meistens nach unten geschaut, als würde er mit seinem Essen reden. Doch als ich diese letzte Frage stellte, schnellte sein Kopf nach oben, und er schaute Mama und Papa direkt an. Er hatte sich offensichtlich das Gleiche gefragt.

Eine Antwort von Mama, die niemanden richtig zufriedenstellte

1. Wir wissen es nicht. Aber warum schauen wir nicht, wie sich die Dinge hier entwickeln? Nach einer Weile wird Kleewinkel vielleicht wirklich unser Zuhause.

An der Stelle interessierten sich Papa und Theo plötzlich total für ihre Kekse. Niemandem fiel etwas Gutes ein, was man jetzt sagen könnte.

Wo wir gerade bei Ehrlichkeit waren (und um die Stimmung zu heben), erzählte ich eine Sache, die mir gerade in den Kopf kam

1. Ich habe mich heute mit einem Bleistift gestochen, und jetzt habe ich ein winziges Tattoo.

Vier Dinge, die ich Melli an dem Abend in einer E-Mail schrieb

1. Wusstest du, dass Bleistifte, wenn du dich stark genug damit stichst, Flecken hinterlassen, die für den Rest des Lebens dableiben? Probier das bloß nicht aus; ich zeige dir den Fleck, wenn wir uns das nächste Mal sehen.

2. Hier liegt eine Menge Schnee.

3. Kathi kann ganz tolle Schneebälle machen. Sie hat mir geholfen, mich zu rächen, als Theo uns angegriffen hat.

4. Also … stell dir vor! Wir haben den *wahren* Grund herausgefunden, warum wir aus Brooklyn wegziehen mussten: Weil Papa seine Stelle dort verloren hat. Er hat es uns nicht erzählt, um uns keine Angst zu machen. Und Mama wollte allen Ernstes mal das Leben in einer Kleinstadt ausprobieren, darum wollte sie hierhin. Egal, das heißt auf jeden Fall … es war wirklich *nicht* meine Schuld, dass wir umziehen mussten.

Obwohl das eine wichtige Neuigkeit war, wollte ich Melli nicht anrufen, damit niemand unser Gespräch mithörte. Also schickte ich die E-Mail und wartete etwa eine halbe Stunde lang auf das »Ding«, das bedeutete, dass sie mir zurückgeschrieben hatte. Schließlich sagte Mama, ich müsse mich bettfertig machen.

Fünf Dinge, die am Tag nach dem Bleistift-Vorfall zwischen Amelie und mir in der Schule passierten

1. Als wir allein in der Garderobe waren, fragte ich sie, wie es ihr ginge.

2. »Gut. Warum?«, fragte sie mit matter Stimme.
3. »Du weißt schon, weil dir gestern schlecht geworden ist«, antwortete ich.
4. Sie gab zurück: »Ich weiß nicht, wovon du sprichst.«
5. »Klar«, sagte ich. »Ist ja auch egal.«

Wie gesagt, ich würde niemandem davon erzählen, dass Amelie sich erbrochen hatte. Aber mir war nicht klar gewesen, dass ich auch bei Amelie selbst so tun musste, als sei nichts passiert. Ich habe keine Ahnung, was ihr Problem ist. Ich meine, so was passiert halt.

Fünf unpassende Orte, an denen ich mich übergeben habe

1. Im Auto, auf dem Weg zur Hochzeit von Papas Cousin
2. Auf den »Neue Bücher«-Wagen in der Stadtbücherei
3. Auf die Schuhe meines Babysitters
4. In Papas Büro, als wir am Kindertag den Arbeitsplatz unserer Eltern besuchen durften
5. In die Schatzkiste beim Zahnarzt

Wie du siehst, habe ich mit so was einige Erfahrungen gemacht, als ich jünger war. Zum Glück passiert es nicht mehr oft. Aber ich glaube, meine »Kotz-Jahre«, wie Papa sie nennt, sorgten dafür, dass ich mich ans Erbrechen gewöhnte. Ich habe mir häufig Sorgen gemacht, dass es jederzeit wieder passieren könnte. Doch jetzt, da mein Magen sich beruhigt hat, gibt es andere Sorgen, die mich nachts wach halten.

MÄRZ

Neun Dinge, um die ich mir Sorgen mache, wenn ich versuche, einzuschlafen

1. Dass es wieder mit Kickball losgeht, wenn das Wetter besser wird
2. Rätselhafte Geräusche (Es gibt nachts viel mehr rätselhafte Geräusche in Kleewinkel als in Brooklyn. Und natürlich habe ich insgeheim den Verdacht, dass es Bären sind.)
3. Dass Melli sauer auf mich ist (Sie hat immer noch nicht auf meine E-Mail wegen Papas Arbeitsstelle geantwortet. Hat sie sie nicht bekommen? Hat es sie genervt, als ich geschrieben habe, dass Kathi super Schneebälle machen kann? Was ist los?)

4. Dass Amelie beschließt, Zora davon zu überzeugen, nicht meine Freundin zu sein
5. Dass meine Eltern sich die Dinge, die wir brauchen, nicht mehr leisten können und dass sie sich darüber streiten und dass das Haus auseinanderfallen wird, weil es zu teuer ist, alles zu reparieren.
6. Dass Papas Arbeit an der Autobahn *niemals* zu Ende ist und wir für immer in Kleewinkel bleiben müssen und dass es Theo dann immer schlecht geht und ich nie wieder eine echte beste Freundin haben werde
7. Dass Papas Arbeit an der Autobahn *bald* zu Ende ist und dass wir dann *wirklich* Geldprobleme haben
8. Dass, falls wir nach Brooklyn zurückziehen, ich dort auch keine beste Freundin mehr habe, denn Melli scheint sich ja anders zu orientieren
9. Andere Dinge, zum Beispiel, dass Leute unfair behandelt werden. Ich weiß nicht, ob andere Kinder in meinem Alter sich um solche Dinge sorgen. Niemand spricht so richtig darüber, deshalb ist es schwer zu sagen. Aber Geschichten wie die von Zoras Mama und der Poolparty gehen mir immer wieder durch den Kopf.

Als ich Mama davon erzählt hatte, merkte ich, dass sie nicht wusste, was sie sagen sollte.

Vier Dinge, die Mama sagte, als ich ihr die Geschichte von Zoras Mama erzählte

1. Du hast recht. Das ist schrecklich.
2. Leider passierten solche Dinge ziemlich oft.
3. Im Grunde passieren sie immer noch öfter, als man denkt.
4. Was hast du gesagt, als Zora es dir erzählt hat?

Ich erzählte Mama, dass ich gesagt hätte, es sei schrecklich. Und dass Zora mir recht gegeben, aber nicht so schockiert gewirkt hätte wie ich. »Es ist wahrscheinlich eine Geschichte, die sie schon lange kennt«, sagte Mama.

»Aber ich nehme an, es ist für ihre Familie noch immer schmerzhaft.«

Eine andere Sorge, die mich nachts wach hält

1. Ich überlege mir Fluchtwege, falls es mal brennt.

Drei Dinge, die ich bei einem Brand retten würde

Heute mussten wir bei Herrn Albert aufschreiben, was wir retten würden, wenn unser Haus brennen würde, wir schnell rauslaufen müssten und uns nur eine Sache schnappen könnten. (Seine Antwort: Ein Taschenmesser, das sein Großvater ihm geschenkt hatte.) Diese Aufgabe fand ich total anstrengend. In der dritten Klasse waren Feuerwehrmänner in meiner Schule in Brooklyn, um mit uns über Brandschutz zu reden, und eine Sache, die sie immer wiederholt hatten, war: »Versucht nicht, irgendwas von euren Sachen zu retten! Ihr könnt neue Spielsachen und Kleidung bekommen, aber kein neues Ich!« Ich nehme an, Herr Albert hat so ein Gespräch nie gehabt. Und jetzt, da er danach fragt, stelle ich mir vor, wie ich in meinem verqualmten Zimmer stehen und denken werde: »Was soll ich retten?«, und ich werde vergessen, aus dem Fenster zu klettern.

Aber da Sie gefragt haben, Herr Albert, das hier würde ich retten:

1. Meinen Plüschpanda Natascha (Dieses Kuscheltier habe ich am längsten. Ich weiß, dass ich ein schlechtes Gewissen haben würde, weil ich die anderen nicht rette, aber dann stelle ich mir das verqualmte Zimmer vor und weiß, dass ich diese schwierige Entscheidung treffen muss.)

2. Das Medaillon, das Tante Pen mir zu meinem letzten Geburtstag geschenkt hat

3. Mein Buch der Listen

Drei Dinge, die Amelie bei einem Brand retten würde

1. Ihren Kaschmirpulli

2. Ihr herzförmiges Schmuckkästchen

3. Ihre Fotoalben

Zwei Dinge, die Kathi bei einem Brand retten würde

1. Die Ausgabe von *Der geheime Garten*, die ihre Großmutter ihr geschenkt hat

2. Ihre Brille (Sie ist sehr praktisch veranlagt)

Drei Dinge, die Charlie bei einem Brand retten würde

1. Seinen Filzhut

2. Seinen *Millenium Falcon* von Lego

3. Sein Han-Solo-T-Shirt

Vier Dinge, die Elias bei einem Brand retten würde

1. Seinen *Todesstern* von Lego

2. Sein Darth-Vader-T-Shirt (das ist hier auf jeden Fall Thema)

3. Seinen Baseballhandschuh

4. Die Militärmedaillen seines Opas

Zwei Dinge, die Zora bei einem Brand retten würde

1. Ihr flauschiges lila Kissen (weil sie ohne das nicht schlafen kann)

2. Ihre Karte von unserem Stadtteil

Sie hat jahrelang an ihrer Karte gearbeitet, und jedes Mal, wenn sie einen coolen neuen oder geheimen Ort entdeckt hat, fügt sie etwas hinzu. Sie sagt, sie kann keine Kopie davon machen, weil sie nicht will, dass sie »in die falschen Hände« gerät.

Fünf wichtige Orientierungspunkte auf Zoras Karte

1. Der Skelett-Hügel, der beste Rodelhügel in der Stadt
2. Die hohle Eiche, der beste Ort, um geheime Botschaften und Schätze wie pfeilförmige Steine zu verstecken
3. Die Teich-Festung, eine Grasfläche am Ufer des Teiches. Sie wird durch die Trauerweiden, die darüberhängen, vor neugierigen Blicken versteckt.
4. Das Riesenloch, eine Grube mitten in der y-förmigen Einfahrt von Herrn und Frau Sutter. Die Grube ist an der Stelle, wo das Y sich gabelt, und ein großer Strommast steht darin. Alle Kinder aus der Nachbarschaft machen sich einen Spaß daraus, mit ihren Fahrrädern am Riesenloch vorbeizufahren und zu versuchen, den Strommast zu berühren, ohne hineinzufallen.
5. Den Findlingsbach im Wald hinter ihrem Haus

Vier coole Dinge an dem Findlingsbach im Winter

1. Er ist so flach, dass er ziemlich schnell zufriert.
2. Wenn man ganz genau hinschaut, kann man nach einem leichten Schneefall die Form der einzelnen Schneeflocken auf dem Eis erkennen.

3. Wenn das Eis dick ist, machen die Kinder aus der Nachbarschaft dort Schlitter-Wettrennen.
4. Wenn das Eis dünn ist, kann man sehen, wie kleine Fische darunter schwimmen.

Drei Gründe, warum Zora fest entschlossen war, einen Fisch im Findlingsbach zu fangen

1. Sie hatte gerade eine Fernsehsendung über Eisfischen gesehen und wollte es ausprobieren.
2. Markus sagte, das würde sie niemals schaffen.
3. Sie wollte, dass ich ein Haustier hätte, weil sie wegen ihrer Katzen den Fisch nicht zu sich nach Hause mitnehmen konnte. (Ich erzählte ihr nicht, dass ich mir zu Weihnachten einen Fisch gewünscht und keinen bekommen hatte.)

Wie ich zu meinem Fisch Findling kam

1. Zora und ich benutzten lockere Steine vom Bachufer, um ein Loch in das Eis zu schlagen.
2. Vor Schreck verschwanden alle Fische aus der Nähe, darum mussten wir uns für eine Weile auf einen großen Felsen setzen, der über den Bach ragte – und warten.

3. Zora tauchte einen auseinandergebogenen Kleiderbügel mit einem Stück Brotkruste am Ende ins Wasser.
4. Dann warteten wir noch ein bisschen.
5. Und noch ein bisschen.
6. Immer noch warten.
7. Endlich schwammen ein paar Fische langsam in unsere Richtung.
8. Zora gab mir den Draht und nahm einen großen roten Plastikbecher in die Hand.
9. Unglaublich! Ein kleiner Fisch fing an, an dem Brot zu knabbern.
10. Dann kam noch einer und noch einer.
11. Zora schlich sich mit dem roten Becher an die Fische heran, dann schlug sie zu.
12. Sie tauchte den Becher ins Wasser und fing drei Fische.
13. Im gleichen Moment verlor sie das Gleichgewicht und brach durchs Eis.
14. Alle Fische im Wasser flitzten davon.
15. »Schnapp dir den Becher!«, schrie Zora.

16. Ich packte den Becher, in dem noch immer die drei kleinen Fische waren, und half Zora aus dem Wasser, das zum Glück nur ein paar Zentimeter tief war.
17. Wir eilten zurück zu Zoras Haus, wo wir
    a. trockene Kleidung für Zora bekamen und
    b. eine Standpauke von Zoras Mama, dass man auf Eis sehr vorsichtig sein müsse.
18. Ich nahm die Fische mit nach Hause und tat sie in ein großes Einmachglas.
19. Mama sagte, wir könnten am Wochenende zur Tierhandlung gehen und ein richtiges Fischglas kaufen.
20. Zwei der Fische sind über Nacht gestorben, bevor ich ihnen Namen geben konnte.

21. Einer der Fische blieb zurück, und ich nannte ihn Findling, nach dem Bach, in dem ich ihn gefunden

hatte. So hatte ich also doch endlich einen Fisch bekommen. Trotzdem würde ich ihn nicht zu sehr ins Herz schließen. Wenn ich zwei Dinge von Melli gelernt habe, dann dass Fische und Freundschaften unberechenbar sind.

Kurz darauf begann das Eis zu schmelzen, und der Frühling brach an. Bei warmem Wetter waren die Fische schwieriger zu fangen, darum hörten wir damit auf. Jetzt war unsere Lieblingsbeschäftigung das Radfahren, besonders um das Riesenloch in der Einfahrt der Sutters.

APRIL

Drei Namen, die Tante Penelope nannte, als ich ihr in einer E-Mail schrieb, dass sie raten solle, wer ins Riesenloch gefallen sei

1. Annie
2. Annie
3. Annie 😊

Ja, ich war's. Trotzdem war ich ein bisschen sauer, dass Tante Pen sich dessen so sicher war.

Was mich am meisten nervt

1. Theos Getrommel

2. Leute, die Kreise oder Herzchen als Punkte auf ihre Is malen

Ich glaube, das war's. Vielleicht kommt noch mehr, wenn ich älter bin.

Fünf Dinge, die ich über das Riesenloch lernte

1. Es ist schon seit Jahren in der Gabelung der y-förmigen Einfahrt der Sutters, seitdem die Stadt es als Zugangspunkt für irgendwelche Reparaturen an unterirdischen Wasserleitungen benutzt hat.

2. Herr und Frau Sutter wollten es schon vor langer Zeit auffüllen lassen, aber ihre Kinder (die jetzt auf der Universität sind) hatten sich schon das Spiel »Fahr am Loch vorbei und versuche, den Strommast zu berühren, ohne reinzufallen« ausgedacht, darum redeten sie (die Kinder) es ihnen aus.

3. Es ist wirklich ziemlich riesig. Ich meine, mein Fahrrad und mein ganzer Körper haben reingepasst, und dann war der Boden immer noch etwa dreißig Zentimeter über meinem Kopf.

4. Die Wände des Riesenlochs sind aus Beton, und total viele Leute haben hier ihre Liebeserklärungen in Form von Graffiti hinterlassen. Viele Leute haben auch ein paar echt ekelige Bilder gemalt.

5. Zum Glück gab es Metallsprossen an einer Wand, sodass ich rausklettern konnte.

Drei schlimme Dinge, die mein Sturz in das Loch nach sich zogen

1. Aufgesprungene und blutige Lippe (die zum Glück nicht genäht werden musste)

2. Zerrissene Jeans

3. Zora musste zu uns beiden nach Hause gehen und Theo und Markus holen, weil wir mein Fahrrad nicht allein aus dem Loch bekamen. (Es steckte ziemlich tief drin, und ich war keine große Hilfe, weil ich ein Taschentuch gegen meine Lippe presste, damit sie aufhörte zu bluten.) Zora beschloss, das sei eine Aufgabe für drei. Aber wir wussten, dass Theo und Markus lachen würden.

Drei kaum überraschende Dinge, die Theo und Markus machten, als sie zum Loch kamen

1. Lachen. So richtig.

2. Fragen, was wir ihnen geben würden, wenn sie das Fahrrad retteten (Antwort: Zwei Dinge ihrer Wahl aus unserem geheimen Süßigkeitenvorrat.)

3. Total hart und stark tun, als sie es schafften, das Fahrrad rauszuholen

Drei überraschende Dinge, die Theo und Markus machten, als sie zum Loch kamen

1. Mir ein Taschentuch geben, damit meine Lippe aufhörte zu bluten (Theo)
2. Mein Fahrrad auf Beulen und Kratzer untersuchen (Markus)
3. Über Schlagzeugspielen reden (Theo und Markus hatten sich vorher schon mal getroffen und sich gegenseitig angegrunzt, so wie Jungs das eben machen. Aber dieses Mal bemerkte Markus die Drumsticks von Theo, die aus der hinteren Tasche seiner Jeans ragten, und er fragte ihn nach seinem Schlagzeug. Da Theo stundenlang über sein Schlagzeug reden kann und Markus Musik total liebt, beachteten sie Zora und mich danach nicht weiter, was uns ganz gut passte.)

Drei Dinge, die an dem Abend beim Essen anders waren

1. Papa wirkte glücklicher. Er sagte, auf dem Mittelstreifen an einem der neuen Autobahnabschnitte, an dem er arbeitete, fingen Wildblumen zu blühen an. Er summte, während er den Tisch deckte, und er

steckte voller Ideen für den Garten (Futterhäuschen, Hängematten usw.). Außerdem sagte er, Zoras Papa würde ihm seine Kettensäge leihen, damit er ein paar tote Äste an unserem Ahornbaum zurückschneiden könne. (Papa war ganz aufgeregt deswegen; Mama sah nervös aus.)

2. Ich konnte nur Kartoffelbrei und Apfelmus essen, weil meine Lippe so aufgesprungen war.

3. Theo war supergesprächig.

Vier Dinge, die Theo uns über Markus erzählte

1. Markus ist ein richtig guter Gitarrenspieler. (Theo hat gehört, wie er bei einer Solidaritätsveranstaltung in der Schule die Nationalhymne gespielt hat.)

2. Markus will eine Band gründen.

3. Sie brauchen einen Schlagzeuger.

4. Markus hat Theo dieses Wochenende in seine Garage eingeladen, um zu sehen, ob sie »jammen« können.

Zwei E-Mails in meinem Postfach an dem Abend

1. Eine von Tante Pen, die fragte, wie ich mich von meinem Fahrradausflug ins Loch erholen würde

2. Eine von Melli (fast zwei Monate nachdem ich ihr zuletzt gemailt hatte), in der nur Folgendes stand:

   a. Das ist eine abgefahrene Geschichte über die Arbeitsstelle von deinem Papa.

   b. Noch abgefahrener ist die Sache mit deinem Bleistift-Fleck.

   c. Muss los; ich gehe mit Juliette und Charlotte ins Kino.

Wohl kaum die schockierte Reaktion, die ich erwartet hatte. Stattdessen war ich schockiert. Sie hatte ZWEI MONATE gebraucht, um mir zu antworten?! Und sie ging mit Juliette ins Kino … und mit Charlotte? Charlotte Teufel, meine Zweite-Klasse-Erdnussbutterkeks-Erzfeindin?!

Drei Dinge, die ich Melli direkt zurückschrieb

1. Wow, ich dachte schon fast, du hättest mich vergessen!
2. Welchen Film schaut ihr euch an?
3. Gehst du mit Charlotte *Teufel?*

Mehr würde ich nicht schreiben. Noch nicht. Vielleicht war es nicht Charlotte Teufel. Ich kannte keine anderen Charlottes in Brooklyn … aber es war sicher möglich, dass es eine Charlotte in Brooklyn gab, die ich noch nie getroffen hatte. Schließlich war es ein ziemlich beliebter Name. Also würde ich auf Mellis Antwort warten. Ich wollte keinen Streit anfangen.

Zwei Streits, die ich versuche zu vergessen

1. Zoras Streit mit Amelie
2. Der Streit von Elias und Charlie direkt danach

Warum Zora mit Amelie stritt

1. Beim Mittagessen, am Tag nach dem Riesenloch-Unfall, fragte Amelie, was mit meiner Lippe passiert sei.
2. Ich erzählte ihr, dass ich mit meinem Fahrrad ins Loch gefahren sei.
3. Amelie lachte und sagte: »Das geschieht dir recht. Ich kann nicht fassen, dass ihr das immer noch macht.«

Vier Dinge, die dann passierten

1. Zora knallte ihre Thermosflasche auf den Tisch und sagte: »Amelie, was ist dein Problem?«
2. Amelie sagte, sie hätte kein Problem, und fügte dann hinzu: »Aber ihr habt offensichtlich eins, wenn ihr

immer noch mit euren Fahrrädern im Kreis fahrt und das Spiel mit dem Strommast spielt, als ob ihr in der zweiten Klasse wärt.«

3. Zora wurde für einen Moment still. Dann sagte sie: »Amelie, ich glaube, du bist bloß eifersüchtig, weil du noch nicht mal Rad fahren kannst.«

4. Amelies Augen füllten sich mit Tränen, sie schnappte sich ihre Brotdose und stürmte aus der Schulmensa.

Warum Elias mit Charlie stritt

1. Nachdem Amelie rausgerannt war, sagte Elias: »Warum musstest du das sagen, Zora? Du weißt doch, dass ihr das mit dem Radfahren peinlich ist. Das sollte ein Geheimnis bleiben.«

2. Dann mischte sich Charlie ein: »Lass sie in Ruhe, Elias. Amelie hat angefangen.«

3. Elias sagte: »Ach, Charlie, du bist doch nur auf Zoras Seite, weil du in sie verknallt bist.«

Fünf Dinge, die danach passierten

1. Charlie schlug Elias auf den Arm.

2. Elias schlug Charlie zurück.

3. Charlie warf Elias zu Boden.
4. Von da an war es schwer zu sagen, was passierte. Auf jeden Fall gab es eine Menge Boxen und Treten.
5. Fräulein Tee, eine der Küchenhilfen, trennte sie und schickte sie zum stellvertretenden Schulleiter.

Vier Dinge, die man über Herrn Hauff, den stellvertretenden Schulleiter, wissen muss

1. Er redet nur, wenn er unbedingt muss, und er hat eine echt tiefe Stimme.
2. Er ist groß. »Groß« im Sinne von riesig. Aber auch sein Bauch ist so groß, dass die Kinder witzeln, seine Krawatten würden parallel zum Boden abstehen.
3. In der Schule ist er für Disziplin zuständig.
4. Wenn man in sein Büro geschickt wird, bedeutet das fast immer Ärger.

Stellt euch also mal die überraschten Gesichter vor, als die Schulsekretärin sich über die Sprechanlage meldete und mich in Herrn Hauffs Büro rief. (Ich glaube, die genauen Worte der Klasse lauteten: »Oooooooooh, Annie bekommt ÄRGER!«)

Drei Dinge, die Herr Hauff mich fragte, als ich in sein Büro kam

1. Bist du mit Elias und Charlie befreundet? (Antwort: Ja.)
2. Hast du ihre Prügelei in der Schulmensa beobachtet? (Antwort: Ja.)
3. Kannst du mir bitte alles erzählen, woran du dich erinnerst? (Antwort: Ähm, okay.)

Woran ich mich tatsächlich erinnere

An alles, natürlich. Neben dem, was zwischen Zora und Amelie passierte, erinnere ich mich auch daran, dass …

1. … Elias Amelie verteidigte.
2. … Charlie Zora verteidigte.
3. … Charlie den ersten Schlag tat.

4. … Elias das sozusagen herausforderte.
5. … Charlie tatsächlich in Zora verknallt ist.
6. … Zora die ganze Zeit rief: »Jungs! Jungs!«
7. … Charlies Kartoffelchips auf den Boden fielen.
8. … Elias mit seinem Ellbogen im Apfelmus landete.
9. … Elias' Darth-Vader-Shirt zerrissen wurde.
10. … beide Jungs fluchten.

Kapiert? Ich erinnerte mich an eine ganze Menge. Wie immer.

Was ich Herrn Hauff erzählte

1. Charlie und Elias fingen an, sich zu prügeln.
2. Ich weiß nicht, wer angefangen hat.

Warum ich versuche, diese Streits zu vergessen

1. Charlie und Elias sind meine Freunde.
2. Selbst wenn sie es nicht wären, verstehe ich nicht, was es irgendwem bringen würde, wenn ich Herrn Hauff in allen Einzelheiten erzählte, wie sie gegen die Schulregeln verstoßen haben.

3. Wegen des Zora-Amelie-Streits fühlte ich mich ziemlich mies. Ich bin froh, dass Zora es nicht auf sich sitzen ließ, dass Amelie sich über uns lustig gemacht hat, aber ich fand es ätzend, dass sie von vornherein so gemein war.

4. Ich halte mich an meinen Plan, so zu tun, als würde ich mich an nichts erinnern, und halte den Mund. Die Streits brachen aus, weil Zora ausplapperte, dass Amelie nicht Rad fahren kann, und Elias ausplapperte, dass Charlie in Zora verknallt ist. Es kommt also nichts Gutes dabei heraus, wenn man den Mund aufmacht. Außerdem habe ich nach all dem, was mit Herrn Laurenz in Brooklyn passiert ist, meine Lektion gelernt, wenn es darum geht, zu viel im Büro von Schulleitern zu sagen.

Drei neue Meldungen zur Herr-Albert-Schwester-Tanja-Lage

1. Nachdem Charlie und Elias bei Herrn Hauff gewesen waren, gingen sie zu Schwester Tanja, damit sie ihre Kratzer versorgen konnte. Dann brachte Schwester Tanja sie persönlich wieder zum Klassenzimmer. (Das ist ungewöhnlich. Normalerweise schickt sie die Kinder allein zurück. Erst recht die Fünftklässler.)

2. Herr Albert warf Elias und Charlie einen ernsten Blick zu, als sie zu ihren Tischen gingen. Dann sprach er ein paar Minuten mit Schwester Tanja. Sie lächelten viel. Lachten sogar ein bisschen.

3. Alle starrten immer noch Charlie und Elias an, aber mir fiel auf, dass Herrn Alberts Gesicht ein bisschen rosa war – und er immer noch lächelte –, als er sich von der Tür abwandte und sagte, dass wir unsere Mathe-Arbeitsbücher rausholen sollten.

Vier wenig überraschende Sachen, die Mama sagte, als ich aus der Schule nach Hause kam

1. Wie war dein Tag?

2. Wie geht's deiner Lippe?

3. Vergiss nicht, deine Brotdose leer zu machen.

4. Wie viele Hausaufgaben hast du auf?

Eine überraschende Sache, die Mama sagte, als ich aus der Schule nach Hause kam.

1. Ich habe heute einen Anruf von Herrn Hauffs Sekretärin bekommen. Sie sagte mir, laut Schulrichtlinien müssten die Eltern benachrichtig werden, wenn Schüler ins Büro des Direktors gerufen würden. Und

> dass du heute bei ihm warst, um über einen »Vorfall« zu berichten, den du mitangesehen hast. Möchtest du mir erzählen, was passiert ist?

Meine Antwort: Nicht wirklich. Aber davon wollte Mama nichts wissen.

Neun Fragen von Mama über meinen Besuch bei Herrn Hauff

---

1. Warum wurdest du zu ihm gerufen?
2. Warum haben sich Elias und Charlie geprügelt?
3. Wer hat zuerst zugeschlagen?

4. Warum hat Charlie Zora verteidigt?
5. Warum haben Zora und Amelie gestritten?

(Echt, so viele Fragen.)

6. Was hat Herr Hauff gesagt, als du ihm das alles erzählt hast?

Für ungefähr zwei Sekunden überlegte ich, Mama anzulügen. Es wäre so einfach gewesen, etwas zu erfinden. Aber sosehr ich auch vor dem Rest der Welt so tun kann, als wäre ich jemand anders – ein Kind, dem nicht viel auffällt, ein Kind, das sich nicht an Einzelheiten erinnert, ein Kind, das einfach in der Masse verschwindet und herumhängt –, vor Mama kann ich das nicht. Sie kennt mich einfach zu gut.

Also holte ich tief Luft und sagte: »Ich habe ihm nichts davon erzählt«, und wappnete mich für die nächste Fragerunde:

7. Was?! Was hast du ihm denn dann erzählt?
8. Warum hast du nicht die Wahrheit gesagt?
9. Sie müssen sich darauf verlassen können, dass du ihnen solche Dinge erzählst. Wissen sie nicht, was für ein beachtliches Gedächtnis du hast?

Drei Dinge, die ich Mama schließlich erzählte

1. Nein, sie wissen nicht, was für ein beachtliches Gedächtnis ich habe, und ich will, dass es so bleibt.
2. Ich hasse mein Gedächtnis. Es ist peinlich und bringt mich nur in Schwierigkeiten. Deswegen bin ich in Brooklyn von der Schule geflogen.
3. Ich werde niemals die Probleme wiedergutmachen können, die mein Gedächtnis dort verursacht hat, aber wenigstens kann ich es hier unter Verschluss halten.

Drei Mienen, die Mama dann aufsetzte

1. Verwirrt
2. Traurig
3. Noch trauriger

Vier Geständnisse, die Mama mir dann machte

1. Du hast in Brooklyn überhaupt nichts falsch gemacht.
2. Papa und ich hätten dich nicht in die Lage bringen dürfen, dass du unsere Adresse geheim halten musst.

3. Ich habe deswegen jeden Tag Gewissensbisse.
4. Du bist wie ich. Du grübelst über Dinge nach, die schiefgegangen sind.

Und zwei Mama-Weisheiten …

1. Jeder macht Fehler, auch ich, wie du festgestellt hast.
2. Du solltest vor deinen neuen Freunden nicht verstecken, wer du bist. Du hast so viele witzige, kluge und wichtige Dinge zu sagen. Und du hast ein wunderbares Gedächtnis.

Drei hilfreiche Tricks, die Herr Albert uns beigebracht hat, wie man Brüche einfacher addiert

Tut mir leid, darüber kann ich nicht berichten, weil ich nicht aufgepasst habe. Viel Glück, wenn du nächstes Mal versuchst, Brüche zu addieren.

Vier Dinge, auf die ich stattdessen achtete

1. Eine Spinne an der Decke

2. Louis, der Junge neben mir, der einen Vogel zeichnete

3. Dass Herr Albert fast jeden Satz mit »… klar?« beendete.

4. Wie Amelie und Zora sich, jedes Mal wenn Herr Albert sich umdrehte, Nachrichten zusteckten. Dann beugte sich Zora zu mir und flüsterte, dass sie sich einen Weg überlegt hätte, wie sie und Amelie sich wieder vertragen könnten. »Und du bist Teil davon!«, sagte sie, als wäre das eine Ehre für mich.

Vier Dinge, die meine Eltern immer noch nicht wissen

1. Jeden Tag werfe ich die Möhren-Sticks weg, die Mama in meine Brotdose tut.

2. Wenn ich allein in meinem Zimmer bin, schneide ich mir im Spiegel selbst Grimassen, um zu sehen, wie hübsch, hässlich, gruselig oder alt ich aussehen kann.

3. Wenn ich in unserem Garten Basketball spiele, singe ich leise Lieder, die ich mir dabei ausdenke.

4. Zora hat vorgeschlagen, dass sie, Kathi, Amelie und ich Blutsschwestern werden sollen.

Zwei Gründe, warum Zora möchte, dass wir Blutsschwestern werden

1. Sie hat in einem Buch darüber gelesen und findet, dass es sich cool anhört. (Im Grunde pikst du dir dabei nur mit der Nadel in den Finger und hältst den Finger dann gegen den blutenden Finger deiner Freundin, und euer Blut vermischt sich und macht euch zu geheimen Schwestern.)
2. Sie hofft, dass wir dann alle besser miteinander auskommen.

Zwei Gründe, warum ich vorhersage, dass das nicht gut gehen wird

1. Kathi findet die Idee bekloppt und meint, wir könnten dabei Krankheiten übertragen.
2. Amelie hat, wie ich bei meinem Bleistiftminen-Vorfall festgestellt habe, panische Angst vor Blut.

Drei Anweisungen von Zora, die sie uns in einer geheimen Nachricht über das Blutsschwestern-Treffen gab

1. Wir treffen uns heute um 15:30 Uhr an der Teich-Festung.

2. Bringt eine Sicherheitsnadel mit. (Ich werde jede Nadel prüfen und die spitzeste benutzen.)

3. Haltet es geheim. Ich bringe Pflaster mit.

Drei Dinge, die Zora zur Blutsschwestern-Zeremonie mitbrachte

1. Eine Sicherheitsnadel

2. Eine Packung Pflaster

3. Eine Tomate

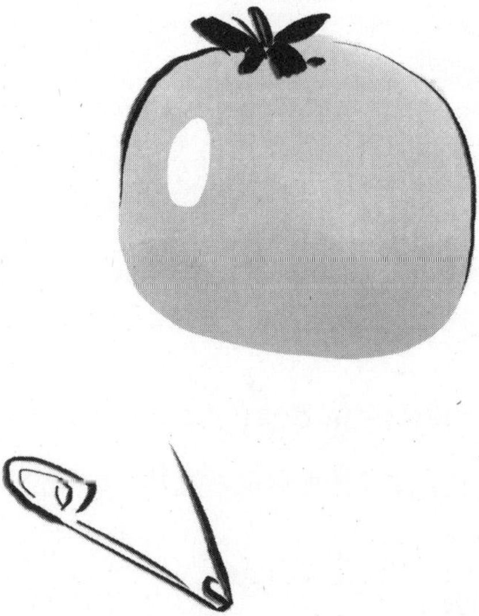

Sieben Dinge, die passierten, bevor ich der Sache ein Ende machte

1. Zora hieß uns zur Blut-Zeremonie willkommen und sagte, wir sollten uns setzen.
2. Bei dem Wort »Blut« wurde Amelie eine Spur blasser.
3. Zora bat uns, ihr unsere Sicherheitsnadeln zu geben.
4. Amelies Hand zitterte, als sie ihre überreichte.
5. Zora öffnete die erste Sicherheitsnadel, holte aus und rammte die Spitze, so fest sie konnte, in die Tomate.
6. Tomatensaft spritzte heraus, in Amelies Auge.
7. Amelie kreischte, hielt sich das Auge zu und legte sich auf die Tannennadeln.

Zwei Dinge, die mir in dem Moment durch den Kopf gingen

1. Amelie fängt an zu kotzen, wenn sie Blut sieht.
2. Amelie will nicht, dass irgendjemand davon erfährt, dass sie anfängt zu kotzen, wenn sie Blut sieht.

Vier Dinge, die ich tat, um alle abzulenken

1. Ich riss Zora die Tomate aus der Hand und warf sie in den Teich.
2. Ich sagte: »Ich dachte, ich hätte einen Wurm in der Tomate gesehen.«
3. Ich legte den Finger an die Lippen und sagte: »Seid mal kurz still!«
4. Ich flüsterte: »Habt ihr das gehört? Glaubt ihr, das war ein Bär?«

Drei weitere Dinge, die der Zeremonie ein schnelles Ende setzten

1. Amelie sagte: »Vielleicht *war* es ein Bär?«
2. Kathi sagte: »Da ist kein Bär. Aber lasst uns was anderes machen. Das hier ist irgendwie dämlich.«
3. Zora sagte: »Warum zum Teufel hast du die Tomate weggeworfen, Annie?« Und bevor ich antworten konnte, seufzte sie und fuhr fort: »Ich gehe nach Hause.« Amelie sagte: »Warte! Ich komme mit.«

Zwei Fragen, die Kathi mir stellte, nachdem sie weg waren

1. Warum hast du die Tomate wirklich weggeworfen? (Antwort: Ich glaube, keine von uns wollte die Blutsschwestern-Zeremonie wirklich durchziehen, und ich habe versucht, uns das zu ersparen. Über Amelies Angst vor Blut sagte ich immer noch nichts.)

2. Warum hast du das nicht einfach eher gesagt? (Antwort: Ich wollte nicht, dass Zora sauer ist.)

Kathi gab zu, dass ich recht hatte, dass Zora die Einzige war, die es machen wollte. »Ich glaube, wir hätten Zora das sagen sollen«, sagte sie. Ich sagte nichts. Sie hatte wahrscheinlich recht, aber ich habe nicht geahnt, wie sehr. Und was ich gesagt hatte, stimmte: Ich wollte nicht, dass Zora – oder sonst jemand – sauer war. Tomaten zu werfen, war im Moment das Mutigste, was ich zustande brachte.

Fünf Dinge, für die ich hoffentlich eines Tages mutig genug bin

1. Eine Heißluftballonfahrt

2. Auf einem Esel bis zum Grund des Grand Canyons reiten

3. Mit Delfinen schwimmen

4. Einen Hubschrauber fliegen
5. Ins Weltall fliegen

Drei Leute, von denen ich an dem Abend E-Mails bekam

1. Oma Rosa, mit einer Sammlung süßer Katzenbilder, die irgendjemand an sie weitergeleitet hatte
2. Tante Pen, mit einer Liste toller Dinge, die wir diesen Sommer am Strand machen konnten
3. Kathi, mit einem abgedroschenen Witz über eine Mama- und eine Baby-Tomate

Eine Person, von der ich an dem Abend keine E-Mail bekommen hatte

1. Melli

Sie hatte immer noch nicht auf meine E-Mail mit der Frage nach Charlotte Teufel geantwortet. Woraus ich mit ziemlicher Sicherheit schloss: Charlotte musste ihre neue beste Freundin sein.

Drei Antworten, die ich am nächsten Tag gab, als Amelie mich in der Schule auf dem Klo abfing und fragte: »Warum hast du die Tomate wirklich weggeworfen?«

1. Ich wollte die Blutsschwestern-Zeremonie nicht machen.
2. Ich wusste, dass das sonst auch keiner wollte.
3. Du musst es nicht zugeben, und ich werde es immer noch nicht weitererzählen, aber ich weiß, dass du kein Blut sehen kannst.

Eine Sache, die Amelie danach sagte und die mich fast erschreckte

1. Danke.

Vier Dinge, die ich später an dem Tag machte, als Zora mich auf dem Schulhof in die Enge trieb und fragte, warum ich die Tomate weggeworfen hätte

1. Tief Luft holen.
2. Sagen: »Ich habe keinen Wurm gesehen.« (Zora: »Ich weiß.«)
3. Hinzufügen: »Auch keinen Bären gehört.« (Zora: »Ich weiß.«)

4. Heraussprudeln: »Ich wusste, dass niemand außer dir dieses Blutsschwestern-Zeug machen wollte. Aber ich glaube, alle hatten zu viel Angst, um dir zu sagen, dass ihnen deine Idee nicht gefiel.«

Vier Dinge, die Zora daraufhin tat

---

1. Ganz kurz ihre Augen verengen
2. Seufzen (schon wieder)
3. Sagen: »Ihr hättet mir das einfach sagen sollen.«
4. Fragen, ob ich Lust hätte, Seil zu springen

Fünf Dinge, über die ich den Rest des Tages nachdachte

1. Ich war anderer Meinung als sie, und sie ist immer noch meine Freundin.
2. Die Person, der ich mich widersetzt habe, war tapfer und beliebt … und sie ist immer noch meine Freundin.
3. Amelie fand mich jetzt anscheinend ein bisschen weniger blöd.
4. Man passt sich nicht gerade an, indem man jemandem die Stirn bietet, so wie ich es getan habe. Aber was, wenn es in Ordnung ist, sich nicht einfach die ganze Zeit anzupassen?
5. Vielleicht hat Mama recht. Vielleicht sollte ich versuchen, meine Stimme zu benutzen.

MAI

Drei Möglichkeiten, die ich letzten Freitagabend hatte

1. Zu Hause bleiben und einen Film mit Mama und Papa gucken (Theo hing mit Markus ab. Er »rockte« die Probe und wurde als Schlagzeuger für Markus' Band ausgewählt; jetzt proben sie, wann immer die Eltern von irgendwem sie lassen.)

2. Zu Hause bleiben, in meinem Zimmer ein Buch lesen und dabei einschlafen

3. Zu Amelies Geburtstags-Pyjamaparty gehen

Drei Gründe, warum das eine schwere Entscheidung für mich war

1. Angst, dass ich bei Amelie irgendetwas Dummes sage
2. Ich hasse Pyjamaparty-Spiele.
3. Verwirrung über die Einladung zur Party, weil ich immer noch nicht sicher war, wie sehr die Gastgeberin mich mag. Aber vielleicht – nur vielleicht – war sie ein bisschen weicher geworden, nachdem ich sie vor dem Sicherheitsnadel-Blutbad gerettet hatte.

Drei Gründe, warum ich beschloss, trotzdem zur Party zu gehen

1. Mama und Papa hatten *2001: Odyssee im Weltraum* als Freitagabend-Film ausgesucht. Megalangweilig.
2. Zora versprach mir, dass es Spaß machen würde.
3. Zora erzählte mir, dass Amelies Haus supertoll sei.

Sieben Dinge, die mir an Amelies Haus auffielen

1. Es sind Tortilla-Chips und Limo in der Vorratskammer, und man muss nicht um Erlaubnis fragen, bevor man sich was nimmt.

2. Amelie hat einen Fernseher in ihrem Zimmer.
3. Die Tagesdecke, die Gardinen und der Teppich in ihrem Zimmer passen zusammen.
4. Amelies Bilder sind alle eingerahmt.
5. Es gibt ein großes Ölgemälde von Amelie im Wohnzimmer.
6. Es gibt zwei Treppen: eine vom Eingangsbereich zum oberen Flur und eine von der Küche zu Amelies begehbarem Kleiderschrank.
7. Amelies Kleiderschrank ist größer als mein Zimmer in Brooklyn.

Fünf Gäste bei Amelies Pyjamaparty

1. Ich
2. Zora
3. Kathi
4. Amelies Nachbarin Kya, die in der Schule eine Klasse unter uns ist
5. Amelies Cousine Marie, die zwölf ist

Vier Gründe, warum ich Marie ein bisschen anstrengend fand

1. Sie war in der Gegenwart von Amelies Eltern total entspannt. Ich weiß, sie sind ihre Tante und ihr Onkel, aber sie redete mit ihnen, als sei sie auch erwachsen. Zum Beispiel: »Tante Connie, ich liebe deine neuen Gardinen!« und »Onkel Niklas, was macht deine Arbeit?« Solche Sachen.

2. Sobald die Erwachsenen nicht in der Nähe waren, fluchte sie. Echt viel. »Wie ein Kesselflicker«, würde Oma Helene sagen.

3. Als Kya sagte, dass ihr Maries Ohrringe gefielen, sagte sie: »Danke. Das sind echte Diamanten.«

4. Sie sagte, Wahrheit oder Pflicht sei langweilig und dass wir nur Pflicht spielen sollten.

Zwölf Dinge, die während unseres Pflicht-Spiels passierten

1. Wir zogen Namen aus einem Hut, um zu sehen, wer wessen Herausforderung aussuchen würde. (Wieder »wessen«, Herr Albert!)

2. Ich zog Kya und forderte sie heraus, einen Mix aus Zitronenlimo, Kräuterlimo und Cola zu trinken. Sie tat es.

3. Kya zog Amelie und forderte sie heraus, einen Mix aus Milch und Orangensaft zu trinken. Sie tat es.
4. Amelie zog Kathi und forderte sie heraus, den Saft von zwei Zitronen zu trinken. Kathi drückte die Zitronen über einem Glas aus und trank den Saft.
5. Kathi zog Zora und forderte sie heraus, etwas mit Lippenstift auf den Badezimmerspiegel zu schreiben. Das hätte mich kirre gemacht, aber Zora lachte nur und schrieb: »Happy Birthday, Amelie!« in Großbuchstaben über den ganzen Spiegel.

6. Zora zog Marie und forderte sie heraus, ihre Hand zwei Minuten lang in eine Schüssel mit Eiswasser zu stecken. Marie verdrehte die Augen und tat es.
7. Marie zog mich.

8. Marie schaute mich an, legte den Kopf schräg und dachte einen Moment nach. »Ich fordere dich heraus, etwas aus Niklas' und Connies Schlafzimmer zu nehmen und nach unten zu bringen.«

9. Ich dachte: *Wer zum Kuckuck sind Niklas und Connie?* Dann fiel mir ein, dass es die Namen von Amelies Eltern waren.

10. Ich sagte: »Könntest du mir nicht eine andere Aufgabe geben? Ich will sie nicht aufwecken.«

11. »Wenn du leise bist, wirst du das nicht«, antwortete Marie. »Du wirkst so, als ob du ziemlich gut im Leisesein bist.«

12. Ich wartete auf Unterstützung und sagte, das sei eine lächerliche Idee. Keiner erwiderte etwas.

Fünfundzwanzig Dinge, die oben bei Amelie passierten

1. Ich schlich, so leise ich konnte, in den Flur im oberen Stockwerk.

2. Am Ende des Flurs erwartete mich die Schlafzimmertür von Amelies Eltern.

3. Ungefähr fünf verschiedene Szenarien spielten sich in meinem Kopf ab, in denen gruselige Dinge vorkommen, die sich hinter Türen verstecken.

4. Ich schaute nach links und bemerkte, dass Amelies Zimmertür auf stand.

5. Ich dachte: *Muss ich wirklich in ihr Schlafzimmer gehen? Ich wette, ich finde in Amelies Zimmer irgendwas, das ihnen gehört.*

6. Ich ging in Amelies Zimmer und fing leise an zu suchen, mit dem Gedanken, dass Amelie sich bestimmt *irgendwas* von ihrer Mama ausgeliehen hatte – etwas Make-up, vielleicht, oder ein Buch.

7. Ich schaute auf das Bücherregal, und ein Titel fiel mir ins Auge. Er lautete: *Von A nach Z, Jahrgänge K bis 3.*

8. Ich nahm das Buch heraus und sah, dass es ein Fotoalbum war. Es war voller Bilder von Amelie und Zora, vom Kindergarten bis – du kannst es dir sicher schon denken – zur dritten Klasse. Die Bilder waren echt süß und knuffig. Plötzlich vermisste ich Melli so sehr, dass ich Bauchweh bekam.

9. Ich hörte ein Geräusch an der Tür. Es war Marie. »Was machst du hier?«, zischte sie. »Deine Aufgabe war, etwas aus *ihrem* Zimmer zu holen«, erinnerte sie mich, während sie den Flur hinunterzeigte.

10. Schnell stellte ich das Fotoalbum zurück ins Regal, wo ich es gefunden hatte.

11. Auf Zehenspitzen schlich ich den Flur hinunter zum Elternschlafzimmer, dessen Tür einen Spalt offen stand.

12. Ich rechnete mir aus, dass ich vielleicht nicht *ganz* in den Raum gehen müsste, schob meinen Arm durch den Spalt und begann, nach etwas zu tasten, das ich nehmen konnte.

13. *Krach!* Ich hatte etwas umgestoßen.

14. Rosenduft erfüllte die Luft.

15. Jemand sagte: »Was zum …?«, und Amelies Papa stürzte mit verschlafenen Augen zur Tür.

16. »Annie? Ist alles in Ordnung?«, fragte er.

17. »Ja«, sagte ich. »Also, ich sollte mir nur etwas aus Ihrem Zimmer ausleihen.«

18. Da erst sah ich, was ich umgestoßen hatte. Es war eine Parfümflasche von Amelies Mutter, und der Inhalt verteilte sich über die ganze Kommode.

19. Amelies Papa fragte: »Was sollst du dir ausleihen?«

20. Schnell stellte ich die Parfümflasche wieder auf und antwortete: »Das hier. Ich sollte mir das hier ausleihen.«

21. Amelies Papa seufzte und sagte: »Lass mich raten. Marie hat dich dazu gebracht?«

22. Ich schaute mich um, und Marie war verschwunden. Ich fragte mich, woher er das wissen konnte.
23. »Hier«, sagte er und gab mir stattdessen eine Flasche mit Lotion. »Die wird nicht auslaufen. Geht das?«
24. »Ja«, flüsterte ich. »Vielen Dank.«
25. »Gute Nacht, Annie«, sagte er und machte die Tür diesmal ganz zu.

Ich drehte mich um und rannte die Treppe runter, mit dem Gedanken, dass ich gerade einen neuen peinlichsten Moment erlebt hatte.

Vier Arten, auf die Marie für den Rest der Party alles bestimmte

1. Sie schrieb uns allen vor, wo wir unsere Schlafsäcke hinlegen sollten.
2. Sie betonte, dass Amelie in der Nähe des Badezimmers sein sollte, »damit sie nicht ins Bett macht«. (Daraufhin sah Amelie sie gekränkt an und sagte: »Marie, ich mache NICHT ins Bett!« Marie grinste nur hämisch.)
3. Sie verkündete, dass wir »Leicht wie eine Feder, steif wie ein Brett« spielen und sie jedes Mal den Gesang anstimmen würde.

4. Sie drohte uns damit, dass die Erste, die einschlief, mit einem wasserfesten Schnurrbart aufwachen würde, sodass wir alle vor Angst ewig lange wach lagen.

Wie sich herausstellte, war Marie die Erste, die einschlief. Sie machte sich anscheinend keine Sorgen, dass irgendjemand *sie* mit einem wasserfesten Stift anmalen würde. Und es tat auch keiner.

Fünf Dinge, die über Marie gesagt wurden, nachdem sie eingeschlafen war

1. Zora: Amelie, warum lässt du dich von ihr so herumkommandieren?
2. Amelie: Ist doch nicht so schlimm. Sie ist meine Cousine. Ich mag sie.
3. Zora: Ich glaube, wenn ich du wäre, würde ich sie nicht besonders mögen. Wenn jemand mich so herumkommandiert, dann sage ich etwas.
4. Ich: Es ist nicht immer so einfach, sich gegen jemanden zu wehren, erst recht, wenn man Angst vor ihm hat.
5. Amelie: Ich habe keine Angst vor ihr, Annie! *Du* vielleicht. Du bist diejenige, die diese dumme Herausforderung von ihr angenommen hat.

Na ja, mit einer Sache hatte sie recht: Ich fand Marie etwas angsteinflößend. Bis dahin hatte Amelie mir irgendwie leidgetan. Ich merkte, dass sie vielleicht größere Probleme hatte als abgesplitterten Nagellack und achteckige Bleistifte. Aber es ist schwer, mit jemandem Mitleid zu haben, der so gemein sein kann. Ich war froh, als Amelies Mama herunterkam und sagte: »Licht aus, meine Damen.«

Drei Dinge, die sich in der Schule nach Amelies Pyjamaparty änderten

1. Kathi fing an, mich Rose zu nennen, weil das der Geruch des Parfüms war, das ich verschüttet hatte.
2. Amelie fing an, mir beim Mittagessen Platz zu machen und mich anzuschauen (anstatt nur Zora, Elias und Charlie), wenn sie etwas erzählte.
3. Ich hörte auf, »Von A nach Z« auf meine Nachrichten an Zora zu schreiben.

Nachdem ich das Fotoalbum in Amelies Zimmer gefunden hatte, war mir in den Sinn gekommen, dass sie sich selbst als ursprüngliches »A« zu Zoras »Z« empfand. Ich wollte nicht, dass sie mir vorwarf, ich würde versuchen, ihre Stelle einzunehmen.

Drei Gründe, warum ich Melli keine E-Mail über die Pyjamaparty schrieb

1. Sie kennt keins der Kinder hier, darum würde es echt lange dauern, alles zu erklären.
2. Da sie niemanden hier kennt, würde sie die Geschichten sowieso nicht richtig verstehen.
3. Sie hat mir immer noch nicht zurückgeschrieben, seitdem sie mit Juliette und Charlotte im Kino gewesen ist.

Vier mögliche Gründe, warum Melli mir seitdem noch nicht gemailt hat

1. Als sie im Kino war, ist jemand in ihre Wohnung eingebrochen und hat den Computer ihrer Familie geklaut.
2. Vielleicht war der Boden vom Kino so schmutzig, dass ihre Füße immer noch daran festkleben.
3. Vielleicht war das Kino in Wirklichkeit ein geheimes Portal nach Narnia.
4. Vielleicht sind Juliette und Charlotte jetzt Mellis beste Freundinnen, und sie braucht mich nicht mehr.

Ein neues Wort, das ich am Tag nach der Pyjamaparty lernte

1. Unterschneidung

Nachdem ich mein Kissen und meinen Schlafsack weggepackt hatte, holte ich mir eine Kleinigkeit zu essen und hing ein bisschen bei Mama im Büro herum. (Sie hat früher fast nie samstags gearbeitet, aber jetzt sagt sie: »Wer bin ich, dass ich einen zusätzlichen Auftrag ablehnen könnte?«) Mama werkelte wirklich total lange an einem Wort auf ihrem Computerbildschirm herum. Sie klickte darauf, drückte einige Tasten, klickte wieder darauf, drückte noch mehr Tasten, und so weiter und so fort. Jedes Mal, wenn sie auf die Tasten drückte, veränderten sich die Abstände zwischen den Zeichen ein winziges bisschen, sodass die Buchstaben entweder dichter zusammen- oder weiter auseinanderstanden. Ich fragte Mama, was sie da mache, und sie sagte: »Das nennt man Unterschneidung. Ich sorge dafür, dass die Buchstaben nicht zu nah aneinander- oder zu weit auseinanderstehen. Damit das Wort genau richtig aussieht.«

Ein seltsamer Traum, den ich in der Nacht hatte

1. Ein paar Kinder, die ich kenne – Zora, Kathi, Amelie, Elias, Charlie, Theo, Markus, Melli, Charlotte und sogar die rätselhafte Juliette – standen in einer Reihe. Ich war genau in der Mitte. Und wir rückten die ganze Zeit näher zusammen und weiter auseinander. Näher zusammen, dann wieder weiter auseinander. Wir machten Unterschneidung, versuchten, genau den richtigen Abstand zu finden.

Fünf Dinge, über die ich hier viel mehr gehört habe als jemals in Brooklyn

1. Fahrräder
2. Kickball
3. Hirschkot
4. Klee
5. Bäume

Acht Dinge über Bäume, die Leute hier besprechen

1. Wie alt sie sind
2. Wie groß sie sind

3. Ob sie Riesenameisen haben

4. Ob sie eine Baumkrankheit haben

5. Ob sie in einem Sturm umfallen könnten

6. In welche Richtung sie fallen würden, falls sie in einem Sturm umfallen würden

7. Welchen »Baumpfleger« sie nehmen sollten, der sich um sie kümmert (Als das Wetter wärmer wurde, sagte Mama: »Wir müssen einen Baumpfleger finden.« Theo und ich fragten: »Warum brauchen wir einen Baumpfleger?« Mama versprach, das würden wir schon bald sehen. Überraschenderweise sagte Papa nichts über Geld, noch bot er an, den Baum selbst zu überprüfen. Ich glaube, sein Beinahe-Sturz vom Dach hat ihn etwas bescheidener gemacht.)

8. Welche Tiere wohl in einem Baum leben

Für uns lautete die Antwort auf Letzteres: Waschbären.

Vier Tiere, die mir Angst machen

1. Bären (natürlich)
2. Schlangen
3. Wespen
4. Läuse

Vier Dinge, die der Baumpfleger sagte, als er sich unsere riesige Eiche anschaute

1. Die obere Hälfte von dem Baum ist hohl.
2. Fast mein ganzer Körper würde hineinpassen.
3. Eine Waschbären-Familie lebt darin.
4. Wir müssen ihn fällen.

Der Baumpfleger erklärte, dass der Baum schwach sei, weil er hohl ist, und wenn sie ihn nicht auf kontrollierte Weise fällen würden, dann könne er auf gefährliche Weise umfallen (zum Beispiel bei einem Sturm auf unser Haus). Also brachte er einen Arbeitstrupp mit, und sie kletterten auf den Baum und schnitten ihn Stück für Stück ab, wobei sie Seile benutzten, um jeden Abschnitt zu Boden zu lassen. Es war echt toll, zuzuschauen. Aber jetzt hatten die Waschbären kein Zuhause mehr.

Drei verrückte Dinge, die ich im Garten gesehen habe, seitdem wir hierhergezogen sind

1. Einen Eichhörnchenkampf
2. Fliegende Truthähne (Wer hätte das gedacht?!)
3. Einen Kojoten (Theo hat ihn nicht gesehen und behauptet, das sei bestimmt nur ein Hund gewesen; ich weiß, was ich gesehen habe.)

Drei Wohnungen, die die Waschbären-Mama ausprobiert hat, nachdem der Baum gefällt worden war

1. Unsere Mülltonnen (bis Mama und Papa einen Weg gefunden haben, sie fest zu verschließen)
2. Den Holzstapel neben der Veranda (das war nicht sehr privat)
3. Der Fensterschacht von unserem Keller

Im Fensterschacht ist sie dann geblieben. Eine lange Holzbank steht darüber und schützt ihn vor Regen (die Öffnung ist gerade groß genug, dass sie sich mit ihren Babys hindurchquetschen kann, eins nach dem anderen).

Drei Dinge, die wir lernten, nachdem Papa den Tierschutzverein angerufen hatte und mit der »Waschbären-Beauftragten« der Stadt verbunden worden war

1. Gehen Sie nicht in die Nähe der Waschbären, denn die Mutter ist sehr wehrhaft und wird versuchen, Sie anzugreifen.

2. Eine Waschbärin mit so vielen Babys (sechs!) ist wahrscheinlich eine ältere Mutter. (»Armes Ding«, murmelte Mama.)

3. Die Leute vom Tierschutzverein werden keine Baby-Waschbären umsiedeln. Wenn Sie ein paar Wochen warten, wird die Mutter sie von allein wegbringen.

Damit begann das Phänomen, das in unserem Haus als »Waschbären-Aquarium« bekannt wurde (und natürlich meinte Theo, das wäre ein super Bandname).

Sechs tolle Dinge an dem Waschbären-Aquarium

1. Wann immer wir wollten, konnten wir auf dem alten Sofa in unserem Keller stehen und die Waschbären durch das Fenster beobachten.

2. Es gab sechs Waschbär-Babys. (Wir lernten, dass man sie »Welpen« nennt.)

3. Wir sahen sie spielen.

4. Wir sahen, wie sie gesäugt wurden.

5. Wir wurden so was wie Stars der Nachbarschaft, weil jeder vorbeikommen und die Waschbären sehen wollte.

6. Papa konnte nicht genug von ihnen bekommen.

Fünf Dinge, an denen wir merkten, dass die Waschbären Papa dabei halfen, sich in Kleewinkel einzuleben

1. Er stand auf dem Sofa und sah ihnen länger zu als sonst jemand.

2. Jeden Tag, wenn er von der Arbeit nach Hause kam, schaute er als Erstes bei den Welpen vorbei.

3. Er machte um die hundert Fotos von ihnen.

4. Er schaute auch jeden Abend bei ihnen vorbei, bevor er ins Bett ging, und gab Mama ein Update. (Ich glaube, er fühlte sich nachts besonders verantwortlich für die Welpen, weil die Waschbären-Mama sie dann verließ, um nach Nahrung zu suchen.)

5. Er sagte immer wieder: »So was ist in Brooklyn nie passiert!« (Als er das zum dritten Mal sagte, bemerkte ich, wie Mama Theo einen Blick zuwarf, um zu sehen, wie er reagierte. Aber er reagierte gar

nicht. Ich glaube, Kleewinkel wuchs ihm auch so langsam ans Herz.)

Die Waschbären-Familie verschwand nach etwa zwei Wochen, genau wie die Waschbären-Beauftragte gesagt hatte. Die Mutter trug ein Baby nach dem anderen heraus, und Papa blieb im Keller, bis alle weg waren (er war besonders besorgt um das letzte, das ganz allein im Fensterschacht saß und wie ein Kätzchen maunzte, bis die Mama zurückkam).

Spät an dem Abend wurde ich wach, wollte aufs Klo gehen und musste im Flur warten, bis Mama und Papa mit dem Zähneputzen fertig waren. Ich hörte, wie sie über die Waschbären sprachen. »Es wirkte dort so gemütlich für sie«, sagte Papa. »Es war ihr Zuhause. Woher wissen sie überhaupt, wohin sie jetzt gehen sollen?«

»Sie haben Platz gebraucht, um zu wachsen«, sagte Mama. »Ich glaube, sie werden schon was finden. Und schließlich kann ihr neues Zuhause doch auch gemütlich sein, nicht wahr? Ich meine, da können wir ein bisschen mitreden.« Mama fing Papas Blick im Badezimmerspiegel ein. Er reinigte sich gerade mit Zahnseide die Zähne, hielt kurz inne und lächelte sie an.

»Ja«, sagte er. »Ich glaube, das können wir.«

Papa war am nächsten Tag etwas trübsinnig, aber schon bald freute er sich über andere Anzeichen des Frühlings. Zum Beispiel über den Baby-Hirsch, den wir manchmal im Garten sahen, und die wilden Truthähne. Und, natürlich, über den Klee.

JUNI

Drei Dinge, die im Juni in Kleewinkel stattfinden

1. Die Leute fangen an, draußen zu kochen.
2. Überall tauchen Blumen auf, von denen ich vorher noch nie gehört habe (Pfingstrosen, Freesien, Tränende Herzen, die klein, rosarot und tatsächlich wie Herzen geformt sind).
3. Das Klee-Fest (Anscheinend ist das wichtiger als alles andere. Im Juni spielt Kleewinkel vor lauter Klee verrückt.)

Drei Fragen, die ich Zora über das Klee-Fest stellte

1. Was ist so toll daran? (Antwort: Das ist die beste Zeit des ganzen Jahres. Besser als Halloween.)

2. Was macht man da? (Antwort: Es gibt Fahrgeschäfte. Und einen Streichelzoo mit Bauernhoftieren. Und eine Jagd auf vierblättrige Kleeblätter. Und einen Schönheitswettbewerb, bei dem sie eine Miss Klee und eine Miss Klee junior krönen. Und alle kochen irgendwas mit Klee, und es gibt einen Wettbewerb für das beste Rezept.)

3. Ist es nicht komisch, dass das im Juni ist? Ich meine, weil doch Saint Patrick's Day im März ist? Da gibt's doch auch immer Kleeblätter (Antwort, begleitet von einem verständnislosen Blick: Wovon redest du? Saint Patrick's Day ist ein irischer Feiertag. Unser Klee-Fest ist etwas völlig anderes.)

Eine Frage, die ich Kathi zum Klee-Fest stellte

1. Ist es wirklich so toll, wie Zora sagt? (Antwort: Ja! Das ist super.)

Da Kathi normalerweise etwas verhaltener ist als Zora, glaube ich so langsam, dass an dem ganzen Wirbel was dran ist.

Zwei Dinge, auf die ich mich freue

1. Karussells

2. Streichelzoo

Drei Dinge, die einfach nur seltsam klingen

1. Klee-Rezepte

2. Miss-Klee-Wahl

3. Miss-Klee-junior-Wahl

Wie meine Familie auf drei Arten überraschend begeistert davon ist

1. Mama durchsucht die örtlichen Secondhandläden nach Kleidung mit Klee-Motiven, die wir alle tragen können. (Theo und ich beteuern immer wieder: Nein, danke.)

2. Theo sagt, die Band habe einen »schnuckeligen Gig« bekommen: Sie sollen nach dem Schönheitswettbewerb spielen. Und sie haben sich endlich für einen Bandnamen entschieden: *Toter Winkel*. (Theo hat den anderen erklärt, dass es bei Fahrzeugen einen toten Winkel gibt, in dem man vom Fahrer nicht zu sehen ist, wenn er in den Außenspiegel schaut. Man ist also quasi für einen Moment lang unsichtbar. Und da unsere Stadt Klee*winkel* heißt, na ja … Die Jungs fanden es genial. Ich habe Theo noch nie so stolz gesehen.)

3. Papa nimmt sich Zeit, um Klee-Rezepte auszuprobieren. Klee-Salat, Klee-Pesto, Klee-Plätzchen. Es tut gut, zu sehen, wie Papa in der Küche seine Lebensfreude wiederentdeckt, aber trotzdem … Klee-Plätzchen?

Auf jeden Fall hoffe ich, dass Mama, Theo und ich uns jetzt nicht mehr ständig ums Essen kümmern müssen, denn dann gibt es meistens nur Burger: Hamburger, Truthahnburger, vegetarische Burger … megalangweilig.

Vier Dinge, die die Kinder in der Schule vorbereiten

1. Elias' Papa ist Bauer, und er wird eins seiner Schafe an den Streichelzoo ausleihen.
2. Zora geht zum ersten Mal in den Break Dancer. (Sie sagt, ihre Eltern haben ein Mindestalter dafür festgelegt, nachdem Markus mit acht darauf gefahren ist und gekotzt hat.)

3. Kathi bügelt Klee-Flicken auf ihre Lieblingsjeans.
4. Amelies Cousine Marie ist im Rennen für Miss Klee junior, und sie hat Amelie gesagt, dass sie ihr hinter der Bühne bei den Vorbereitungen helfen kann.

Drei Fragen, die ich Mama stellte, weil sie in North Carolina aufgewachsen und dort immer auf den Jahrmarkt gegangen ist

1. Ist es wie ein Straßenfest in Brooklyn? (Antwort: Nicht wirklich. Es gibt viel gutes Essen wie auf Straßenfesten. Aber es gibt auch Fahrgeschäfte. Es ist eher wie ein Freizeitpark mit Bauernhoftieren.)
2. Wird es wie der Jahrmarkt in *Wilbur und Charlotte* sein? (Antwort: Ich schätze schon. Die Jahrmärkte bei mir zu Hause waren so. Aber hier gibt es anscheinend auch noch haufenweise Klee.)
3. Darf ich mit meinen Freundinnen allein losziehen, oder muss ich die ganze Zeit bei euch bleiben? (Antwort: Du kannst mit deinen Freundinnen losziehen, solange ihr zusammenbleibt. Und du musst zu einer bestimmten Zeit an einem verabredeten Treffpunkt sein.)

Ich wies sie darauf hin, dass ich ihr einfach eine Nachricht schicken könnte, wenn ich ein eigenes Handy hätte, und wir dann keinen Treffpunkt vereinbaren müssten. Sie lächelte und sagte, das sei nicht so schlimm, ein Treffen sei für sie in Ordnung. Welche Überraschung.

Die ersten fünf Gedanken, die mir durch den Kopf gingen, als ich hinkam

1. Ich hatte keine Ahnung, dass es so viele Leute in Kleewinkel gibt.
2. Es gibt ein Riesenrad, und das sieht echt hoch aus.
3. Obwohl die Leute so viel Krach machen –, lachen, nach Freunden rufen, weinende Babys –, wird er fast von der Jahrmarktsmusik übertönt.
4. Der Geruch ist so stark wie die Musik. Je nachdem, aus welcher Richtung der Wind weht, riecht es auf dem Festplatz entweder nach Schmalzgebäck, glasierten Äpfeln, Hot Dogs oder Pizza … *oder* nach Kühen, Schafen und Schweinen. Und manchmal nach allem zusammen.
5. Ich sehe Kathi und Zora!

Sie warteten an der Bude für Eintrittskarten auf mich. »Komm schon«, sagte Zora. »Wir müssen Amelie aus dem Miss-Wahl-Land retten.«

Vier Dinge, die ich Mama versprechen musste, bevor sie mich mit ihnen gehen ließ

1. Ich würde »die Gruppe« nicht verlassen.
2. Ich würde nicht mit Fremden sprechen.
3. Falls ich mich verlief oder von der Gruppe getrennt wurde, würde ich eine andere Mutter um Hilfe bitten.
4. Ich würde mich in einer Stunde mit ihr an der Bühne vom Schönheitswettbewerb treffen.

Drei Dinge, die verhinderten, dass ich mich eine Stunde später mit Mama treffen konnte

1. Amelie, die auf dem Break Dancer kotzte
2. Amelies Kotze, die auf Zora und Kathi landete
3. Dass ich, weil kein anderer da war, ersatzweise als Maries Miss-Wahl-Helferin einspringen musste

Drei Gründe, warum ich hätte wissen müssen, dass Amelie auf dem Break Dancer schlecht werden könnte

1. Sie hatte fast eine ganze Tüte Schmalzgebäck gegessen, bevor wir einstiegen.

2. Sie war schon etwas grün im Gesicht, bevor die Fahrt überhaupt losging.

3. Wie du weißt, war ich schon einmal Zeugin von Amelies empfindlichem Brechreiz geworden.

Doch diesmal gab ich ihr einen Vertrauensvorschuss. Ich wusste, dass sie es geheim halten wollte. Außerdem dachte ich, dass es ja kein Blut gab, darum war sie vielleicht sicher. Ich habe mich geirrt.

Vier Orte, an denen Amelies Schmalzgebäck landete, nachdem es wieder rausgekommen war

1. Amelies T-Shirt

2. Der Sitz vom Break-Dancer-Wagen

3. Zoras Schuhe

4. Kathis Jeans

Mich verpasste die Kotze irgendwie. Zora und Kathi sagten, sie müssten Amelie irgendwohin bringen und sich sauber machen. Ich dachte schon, ich hätte Glück, bis Amelie sagte: »Annie, da du die Einzige ohne Kotze bist, gehst du bitte zu Marie und sagst ihr, dass ich ihr nicht bei den Vorbereitungen für den Schönheitswettbewerb helfen kann?«

Zwei Dinge, die ich sagte, um dieser Aufgabe zu entgehen

---

1. Ich habe meiner Mama versprochen, dass ich mit euch zusammenbleibe. (Amelie sagte, das sei schon in Ordnung, weil ihre Mama und ihre Tante auch bei Marie wären.)

2. Ich muss meine Eltern um sieben Uhr treffen. (Amelies Antwort: Genau dann fängt auch der Schönheitswettbewerb an, das schaffst du schon.)

Eine Sache, an der ich merkte, dass Marie keine Ahnung hatte, wer ich war, als ich hinter der Bühne vom Schönheitswettbewerb auftauchte

---

1. Als ich sie in der Umkleide für die Teilnehmer fand, in einem glänzenden grünen Body, wie sie sich gerade im Spiegel anschaute und grünen Lidschatten auftrug, fragte sie: »Wer bist du?«

Vier Dinge, die ich sagte, um ihr auf die Sprünge zu helfen, während ich darauf wartete, dass Maries ausdrucksloser Blick verschwand.

---

1. Ich bin Annie.

2. Ich bin eine Freundin von Amelie.

3. Ich war auf ihrer Pyjamaparty.

4. Ich bin die, die das Parfüm verschüttet hat.

Da endlich schien etwas bei ihr zu klingeln.

Drei Fragen, die alle danach stellten

1. Marie: Warum bist du hier?

2. Maries Mama: Entschuldige – wer bist du, Liebes?

3. Amelies Mama: Wo ist Amelie?

Ich war hin- und hergerissen. Amelie war es wahrscheinlich egal, wenn ihre Mutter von der Kotzerei erfuhr, aber ich nahm an, dass Marie das nicht unbedingt wissen sollte. Also sagte ich das Erste, was mir einfiel: »Sie hat ihr Getränk verschüttet und musste sich sauber machen. Zora und Kathi sind bei ihr.« Bei dieser Neuigkeit verdrehte Marie die Augen, wandte sich wieder zum Spiegel und sagte: »Warum müsst ihr Kinder nur immer alles verschütten?«

Eine erschreckende Anweisung, die ich dann bekam

1. Von Maries Mama: Tja, wir brauchen trotzdem eine helfende Hand. Wenn nur du hier bist, dann wirst du uns eben unterstützen müssen.

Drei Gründe, warum ich die wahrscheinlich am schlechtesten geeignete Person war, um Marie bei der Vorbereitung für den Schönheitswettbewerb zu helfen

1. Ich wusste nichts über Schönheitswettbewerbe.
2. Ich wusste nichts über die Dinge, die bei Schönheitswettbewerben anscheinend sehr wichtig sind: Make-up. Schicke Kleidung. Perfekte Frisuren. Reden in der Öffentlichkeit.
3. Ich war nicht gerade ein Fan von Marie.

Die Aufgaben, die ich als Helferin beim Schönheitswettbewerb bekam

1. Maries Haare in einem festen Knoten zusammenhalten, während die Mütter ihn mit Klee-Haarspangen feststecken. (Ja, das ist anscheinend eine Arbeit für drei.)

2. Maries Kostüm mit einem Laken abschirmen, während die Mütter ihr Gesicht leicht mit grünem Glitzer besprühen (wieder drei Leute für diese Aufgabe).

3. Maries Ersatz-Tanzstab bewachen. Warum sie einen Ersatz-Tanzstab hatte, fragst du dich? Tja, falls was mit ihrem ersten Stab passieren sollte, natürlich. (Beim Talent-Teil des Schönheitswettbewerbs zeigte Marie eine Nummer, in der sie ihren Tanzstab herumwirbelte.)

Mein neuer peinlichster Moment

1. Als ich mitten in der Miss-Klee-junior-Wahl auf die Bühne ging, um den Ersatz-Tanzstab zurückzuholen, den ich bei Maries Auftritt aus Versehen von hinten hinaufgeworfen hatte

Zwei Dinge, die Amelie und Marie anscheinend während ihrer Übungen vor dem Schönheitswettbewerb besprochen hatten

1. Die Schritte von Maries Tanzstab-Nummer, wobei sie einmal den Stab fallen lässt, zur Seite schaut und kurz winkt
2. Ein Notfall-Zeichen, damit Amelie weiß, wann Marie ihren Ersatz-Tanzstab braucht

Zwei Dinge, die Marie vor lauter Nervosität vergaß, mir zu erzählen

1. Die Schritte der Nummer (besonders über das kurze Winken zur Seite hätte ich besser Bescheid wissen sollen)
2. Das Notfall-Zeichen

Als Marie ihren Stab fallen ließ, von der Bühne schaute und winkte, wusste ich daher nicht, dass dies eine »witzige und verschmitzte« Geste sein sollte (wie sie mir später erklärte). Ich nahm an, dass ihr erster Tanzstab kaputt war und sie mir winkte, damit ich ihr den anderen zuwarf.

Zwei Hinweise, die mir sofort sagten, dass ich den Tanzstab nicht hätte werfen sollen

1. Der entsetzte Ausdruck auf Maries Gesicht
2. Das Japsen von Maries Mutter, die hinter mir am Rand der Bühne stand

Marie erstarrte, während ihre Musik weiterspielte und der Tanzstab fröhlich auf den Rand der Bühne zurollte, wo er liegen blieb. Und dann war ich an der Reihe, entsetzt zu sein, denn Maries Mutter stieß mich an und zischte: »Du musst ihn zurückholen!«

Drei Dinge, aus denen klar wird, dass ich nicht auf diese Bühne gehöre

1. Ich hatte kein einziges Kleeblatt an mir. (Meine Einhaltung der Kleiderordnung beschränkte sich auf Jeans und ein grünes T-Shirt.)
2. Meine Haare waren zu einem Pferdeschwanz gebunden (und nicht gestylt, besprüht und glitzernd wie die Haare der Teilnehmerinnen).
3. Ich konnte den Tanzstab nicht mal festhalten, geschweige denn herumwirbeln und fangen.

Vier Dinge, die ich von der Bühne aus sehen konnte

1. Meine Eltern und Zoras Eltern, die mich von unserem verabredeten Treffpunkt aus anglotzten
2. Theo und Markus und ihre Bandmitglieder, die mit offenem Mund starrten
3. Wer noch starrte: Elias, Charlie, Charlies Mama und Charlies Großmutter
4. Zora, Amelie und Kathi, sauber und von Kopf bis Fuß in Klee-Klamotten gekleidet

Sechs Leute, die zu lachen anfingen

1. Theo
2. Markus
3. Charlie

4. Elias

5. Zora

6. Kathi

Vier Leute, die auf jeden Fall NICHT lachten

1. Charlies Oma

2. Marie

3. Maries Mutter

4. Amelie

Zwei Dinge, die Maries Mutter hinter der Bühne zischte

1. Runter von der Bühne! (zu mir)

2. Mach einfach weiter! (zu Marie)

Also machte Marie weiter. Das muss ich ihr lassen: Sie schien den Rest der Nummer ganz problemlos hinzukriegen (obwohl ich nicht mit Sicherheit sagen kann, dass sie keine Fehler machte, da ich sie ja nicht hundertmal hatte üben sehen wie Amelie).

Und ich lief, so schnell ich konnte, von der Bühne. Ich gab Maries Mama den Ersatz-Tanzstab, flüsterte: »Tut mir total leid«, und rannte in die Menge, um nach meinen Eltern zu suchen.

Fünf Dinge, die die Leute sagten, als ich mich unters Publikum mischte

1. Papa: Hey, du bist berühmt!
2. Theo: Gut gemacht, Annie. Das war im wahrsten Sinne des Wortes ein großer Wurf.
3. Kathi: Das war irgendwie toll.
4. Amelie: Marie wird mich umbringen. Und jetzt muss ich ihr bei der Vorbereitung für den Abendgarderoben-Wettbewerb helfen. (Sie war wirklich blass, als ob ihr gleich schon wieder schlecht werden würde. Ohne sich zu verabschieden, eilte sie zur Umkleide.)
5. Mama: Schätzchen, alles in Ordnung?

War alles in Ordnung? Ich war nicht so sicher. Marie war eine ziemlich schreckliche Person; es machte mir nicht so viel aus, dass ich ihre Nummer vermasselt hatte. Aber ich wusste, dass Amelie Angst vor ihr hatte, und jetzt musste sie für meinen Fehler bezahlen.

Drei Titel beim Schönheitswettbewerb, die Marie nicht gewann

1. Miss Klee junior
2. Größtes Talent
3. Miss Charme

Einen Titel beim Schönheitswettbewerb, den Marie gewann

1. Miss Fotogen

Amelie hatte uns erzählt, dass Marie von Anfang an behauptet hatte, sie würde diesen Titel gewinnen, denn sie sagte, er gehe an das hübscheste Mädchen im Schönheitswettbewerb. Doch ich wusste, dass sie das Tanzstab-Fiasko trotzdem nicht vergessen würde.

Die drei gruseligsten Dinge am Klee-Fest

1. Die Krasse Klee-Achterbahn (laut Theo und Markus, doch ich musste mich auf ihr Urteil verlassen, denn ich war zu klein, um mitzufahren)
2. Der Betreiber vom Break Dancer, der Gerüchten zufolge ein entflohener Häftling sein sollte (Mama

sagte, das sei lächerlich, obwohl sie nicht sehr überzeugt klang.)

3. Der Anblick von Miss Fotogen, kurz nach dem Schönheitswettbewerb, die sich mit mordlustigem Blick auf mich stürzte

Vier Dinge, die Marie mir vorwarf

1. Dass ich ein riesiger Tollpatsch sei
2. Dass ich eine Vollidiotin sei
3. Dass ich ihre Tanzstab-Nummer ruiniert hätte
4. Dass sie wegen mir den Titel der Miss Klee junior nicht bekommen hätte

Fünf Leute, die schon zu meiner Verteidigung einspringen wollten

1. Mama
2. Papa
3. Theo
4. Kathi
5. Zora

Eine Person, die sie unterbrach und Marie in ihre Schranken wies

1. Ich

Ich habe es getan. Ich habe der großen, bösen Marie direkt in die Augen gesehen und gesagt: »Es tut mir leid, dass ich deine Tanzstab-Nummer vermasselt habe. Aber ich habe mein Bestes gegeben. Und du behandelst andere Leute die ganze Zeit so schrecklich, dass du den Schönheitswettbewerb mit ziemlicher Sicherheit aus eigener Schuld verloren hast.«

Drei erstaunliche Dinge, die dann passierten

1. Die Menge brach in Jubelrufe aus.

2. Meine Freunde hoben mich auf ihre Schultern.
3. Marie riss ihre Miss-Fotogen-Schärpe in Fetzen und rannte vom Festplatz.

Das war nur ein Witz. Man darf ja wohl noch träumen. Es war eher so:

Drei Dinge, die passierten, nachdem ich Marie die Stirn geboten hatte

1. Marie starrte mich einen Moment lang an, dann drehte sie sich um und verschwand mit ihrer Mutter.
2. Meine Mama drückte mir kurz die Schulter und flüsterte: »Gut gemacht, Kind.«
3. Kathi hakte sich bei mir unter und fragte, ob ich mit ihr und Zora Zuckerwatte hole, bevor die Band auftrat.

Zora fragte Amelie, ob sie mitkommen würde, aber sie schüttelte den Kopf. »Ich glaube, ich habe für heute die Nase voll«, sagte sie, drehte sich um und ging mit ihrer Mama nach Hause. Ich konnte nicht sagen, ob sie sauer auf mich war oder nicht. So gemein, wie Marie zu mir gewesen war, wurde ich das Gefühl nicht los, dass sie Amelie hinter der Bühne wahrscheinlich noch mehr fertiggemacht hatte. Und Amelie musste weiterhin ihre Cousine sein.

Als wir mit unserer Zuckerwatte zu unseren Eltern an den Platz neben der Wettbewerbsbühne zurückkehrten, warteten immer noch eine Menge Leute darauf, die Band zu hören. Ich war froh, dass Theo und Markus ein großes Publikum haben würden, aber ich machte mir auch ein bisschen Sorgen um sie. Bei den meisten Proben, die ich gehört hatte, hatten sie ziemlich angerostet geklungen.

Zwölf Dinge, die ich in den ersten paar Minuten des Auftritts von Theos' und Markus' Band hörte

1. Schrille Rückkopplungsgeräusche, als Markus versuchte, seinen Gitarrenverstärker einzustellen

2. Ein tiefes elektrisches Brummen, bevor Theo mit dem Schlagzeug loslegte

3. Der Bass-Spieler Tim, der einen Akkord anschlug

4. Marks Stimme, die den Anfang von ihrem Eröffnungslied sang (Zuerst war er etwas schwer zu hören, aber mit jedem Wort wurde seine Stimme kräftiger. Ich musste zugeben, dass sie sich ganz gut schlugen. Genau genommen klang ihre Band sogar … na ja, *gut*.)

5. Wie Charlies Oma sagte: »So einen Krach müssen wir uns nicht anhören. Gehen wir zum Kuchenbasar.«

6. Charlies Antwort: »Oma, die Brüder meiner Freundinnen sind in der Band. Ich will hierbleiben.«

7. Noch mal Charlies Oma, während sie die Stirn runzelte und mit zusammengekniffenen Augen auf die Bühne schaute: »Welche sind die Brüder deiner Freundinnen?«

8. Wie Charlies Mama unterbrach: »Mutter, warum gehst du nicht schon mal allein vor zum Kuchenbasar. Ich werde mit Charlie hierbleiben.«

9. »Na schön«, sagte Charlies Oma schnippisch, während sie sich umdrehte. »Ich verstehe nicht, wie ihr euch so etwas anhören könnt.«

10. Wie Zoras Mama sich leise neben uns stellte und »Hey, Lisa« zu Charlies Mama sagte.

11. Wie Charlies Mama mit einem leichten Lächeln »Hey, Wanda« sagte. »Die Band spielt super.«

12. Wie Zora dazwischenging: »Mama, können wir weiter nach vorn? Markus hat gesagt, dass Theo vielleicht am Ende seine Drumsticks in die Menge wirft.«

Ich war nicht wild darauf, einen Drumstick zu fangen, in Anbetracht der Tatsache, dass sie bei mir zu Hause überall herumlagen. Aber ich war trotzdem froh, dass unsere Mamas zustimmten (auch meine, die noch einmal kurz meine Schulter drückte). Charly war ebenfalls froh; sein unglücklicher Gesichtsausdruck verschwand, als Zora ihn am Arm packte und sagte: »Komm schon!«

Während ich mir einen Weg durch die Menge bahnte, fragte ich mich, wie viel Zoras Mama wohl von dem gehört hatte, was Charlies Oma über die Band gesagt hatte. Ich fragte mich, worüber Zoras Mama und Charlies Mama sich unterhalten würden, wenn wir weg waren. Ich fragte mich, wie viel sich für die beiden verändert hatte, seitdem sie als Kinder zusammen aufgewachsen sind.

Ich drehte mich um und schaute zu ihnen hinüber, als wir die vorderste Reihe erreicht hatten, und sie standen beide still da und hörten zu, wie die Jungs spielten. Niemand aus unserer Gruppe fing einen Drumstick, aber ich sah, wie Markus Charlie ein Gitarren-Plektrum zuwarf.

Ein Teil vom Klee-Festgelände, den niemand vor dem letzten Tag betreten darf

1. Das Glücksklee-Feld

Während jeden Tag der Rest des Festplatzes vor Leuten wimmelt, ist ein Feld abgesperrt (natürlich mit grünem Band), und niemand darf es betreten. Ich fragte Kathi, warum wir nicht dorthin gehen dürften, und sie sagte: »Das ist das Glücksklee-Feld. Man darf erst am letzten Tag drauf, wenn dort alle Kinder nach vierblättrigen Kleeblättern suchen.«

Drei Dinge, die man unter Garantie auf dem Glücksklee-Feld findet

---

1. Gras
2. Dreck
3. Millionen und Abermillionen von dreiblättrigen Kleeblättern

Eine Sache, die man NICHT unter Garantie auf dem Glücksklee-Feld findet

---

1. Ein vierblättriges Kleeblatt

»Wie bitte?!«, sagte Theo, als Markus ihm das erzählte. »Sie schmuggeln nicht mal ein vierblättriges Kleeblatt von irgendwoher ein, damit auf jeden Fall jemand eins findet?«

Markus wirkte überrascht, so wie alle Kleewinkler (oder heißt es Kleewinkeler? Winkianer? Winker? Winkelmänner?), sobald ein Außenstehender seine Verwunderung über das Klee-Fest ausdrückt. »Nein«, erklärte er und sprach ganz langsam. »Das wäre doch Betrug. In manchen Jahren findet niemand eins. Aber *falls* du eins findest, dann giltst du ein ganzes Jahr lang als glücklichstes Kind von Kleewinkel.«

Theo fand, das sei das Dümmste, was er je gehört hätte. Doch das spielte keine Rolle, denn er konnte sowieso nicht an der Glücksklee-Jagd teilnehmen. (Sie ist nur für Kinder bis einschließlich elf Jahre.)

Mama schien es zauberhaft zu finden, und Papa fand, das sei das Allercoolste überhaupt. Mit der Nachricht über die Glücksklee-Jagd, bei der es vielleicht nie ein vierblättriges Kleeblatt geben würde, schien Papas Verwandlung in einen Kleewinkler abgeschlossen. Es war außerdem klar, dass ich keine andere Wahl hatte, als teilzunehmen; Papa war einfach zu aufgeregt.

Drei Dinge, die ich den Kindern beibringen wollte, jetzt, da ich meine Stimme gefunden habe

1. Wie man Mauerball spielt
2. Den ganzen Text von »Parents Just Don't Understand« und »It's the End of the World As We Know It« (Das sind alte Lieder, die Mellis Papa kennt; er half uns, den Text auswendig zu lernen, als uns nach der Schule mal langweilig war.)
3. Was ein moderner Mythos ist

Ich beschloss, Letzteres zuerst in Angriff zu nehmen. Weil alle hier wegen der Glücksklee-Sache ziemlich am Rad zu drehen schienen.

Vier Geschichten über die Glücksklee-Jagd, von denen die Leute in der Stadt glauben, dass sie hundertprozentig wahr sind

1. In einem Jahr wurde das Kind, das den Glücksklee fand, später am selben Tag von einem Pferd im Streichelzoo getreten und bekam nicht mal einen blauen Fleck.

2. In einem anderen Jahr wurde der Glücksklee-Finder auch noch Gewinner des städtischen Buchstabierwettbewerbs.

3. In einem magischen Jahr fand das Gewinnerkind ein *fünf*blättriges Kleeblatt, das angeblich Glück *und* Geld bringen soll, und am nächsten Tag gewann seine Familie fünfhundert Dollar bei einer Tombola.

4. Es hat noch nie jemand ein sechsblättriges Kleeblatt gefunden, aber falls das jemals passieren sollte, darf man gespannt sein, denn »jeder« weiß, dass sechsblättrige Kleeblätter Ruhm bringen.

Drei Dinge über moderne Mythen, die ich zu erklären versuchte

1. Die Tatsache, dass sich niemand an die Namen dieser Tombola gewinnenden, phänomenal buchstabierenden, Pferdetritt überlebenden Glücksklee-Finder erinnert, macht diese Geschichten verdächtig.
2. Ein todsicheres Zeichen, dass eine Geschichte ein moderner Mythos ist: Niemand kann sich daran erinnern, wem es passiert ist, oder alle sagen, es passierte »dem Cousin meines Freundes« oder »der Tante meines Nachbarn« oder so was.
3. Moderne Mythen sind einfach nur das – *Mythen*. Geschichten, die erfunden sind, aber die die Leute für wahr halten. Außerdem: Wer hat schon mal von einem sechsblättrigen Kleeblatt gehört?

Leute, die sich meine Argumente zu Herzen nahmen

1. Niemand. Niemand schien sich für meine logischen Erklärungen zu interessieren. Nicht mal die Skeptikerin Kathi. Tja. Obwohl meine Freunde nicht zuhörten, war ich froh, dass ich es versucht hatte. (Wie sich herausstellt, ist es einfacher, was zu sagen, je öfter man es macht.)

Zwei Gründe, warum ich beschloss, trotz meiner Zweifel mitzumachen

1. Wenn du am letzten Tag des Klee-Festes in Kleewinkel jünger als zwölf bist, gibt es im wahrsten Sinne des Wortes nichts anderes zu tun, als an der Jagd nach einem vierblättrigen Kleeblatt teilzunehmen.

2. Ich muss zugeben, dass ich etwas neugierig bin.

Drei Anweisungen, die wir vor der Klee-Jagd bekamen

1. Gib dir Mühe, *um* die Kleeblätter *herum* und nicht darüber zu laufen.

2. Bitte halte mindestens einen Meter Abstand von allen anderen Klee-Jägern.

3. Falls du ein vierblättriges Kleeblatt findest, pflücke es vorsichtig, hebe es über deinen Kopf und rufe: »Vier!« Ein Klee-Richter wird herüberkommen, um deinen Fund zu bestätigen. (Bei diesen Worten sah ich, wie Papa neidisch zu den Richtern mit ihren grünen Marken hinüberschaute. Ich wusste, dass er sich fragte, wie er nächstes Jahr an diesen Job kommen konnte.)

Eine Sache, die jedes Kind vor der Jagd bekam

1. Eine Lupe aus Plastik. (Das ist noch eine Regel: »Nur diese Lupe in Standardausführung ist erlaubt. Alle Lupen, die in die Jagd hineingeschmuggelt werden, werden beschlagnahmt!« Ups.)

Drei Kinder, die vermutlich einen Vorteil bei der Jagd hatten (und weshalb ich das glaube)

1. Erik Neuland (Ich hatte gehört, wie er vor einem anderen Kind mit seiner überdurchschnittlichen Sehkraft angab, als die Schulkrankenschwester unser Sehvermögen überprüfte. Im September.)

2. Bonnie Diaz (Sie ist eine Scrabble-Königin. Wenn es schneite und wir in den Pausen drinnen bleiben mussten, hatten die Küchenhilfen uns mit Dingen wie Kreuzworträtseln oder Scrabble beschäftigt, und Bonnie hatte bei Scrabble immer, immer im Handumdrehen die besten Wörter gefunden. Und ich glaube, dass die Jagd nach einem vierblättrigen Kleeblatt ganz ähnlich ist wie die Jagd nach Buchstaben.)

3. Birgit Rooney (Sosehr die Leute hier auch versuchen, das Klee-Fest vom Saint Patrick's Day und irischen Dingen abzugrenzen, glaube ich nicht, dass Birgit

davon was wissen will. Es ist ihr sehr, *sehr* wichtig, dass sie irischamerikanisch ist, und gestern in der Schlange vor dem Break Dancer hörte ich sie zu ein paar anderen Mädchen sagen: »Meine Vorfahren sollen stolz auf mich sein. Das vierblättrige Kleeblatt gehört MIR!« Noch mal ups.)

Drei Kinder, die wahrscheinlich kaum eine Chance haben, zu gewinnen

1. Claas Mittler (Er hat furchtbaren Heuschnupfen. Ich kenne den Jungen nicht, aber mir ist aufgefallen, dass er seit Mitte März außerhalb der Schule jeden Tag Nies-Attacken bekommt. Ich stelle es mir nicht einfach vor, sich auf ein Fleckchen Klee zu konzentrieren, wenn man ständig niesen muss. Um ehrlich zu sein, bin ich erstaunt, dass seine Eltern ihn teilnehmen lassen, aber wenn ich eins gelernt habe, dann dass die Leute die Glücksklee-Jagd *sehr* ernst nehmen.)

2. Amelie (Das Klee-Feld ist recht matschig, und nach dem, was mir alle erzählt haben, muss man ganz schön lange auf den Knien herumrutschen, wenn man eine Chance haben will, einen Glücksklee zu finden. Es überrascht dich wahrscheinlich kaum, dass Amelie nicht gerade jemand ist, der absichtlich seine Kleidung schmutzig macht. Ich habe so meine

Zweifel, dass sie sich mit ganzer Kraft in die Jagd stürzt. Obwohl … so verrückt, wie alle beim Klee-Fest unterwegs sind, kann man nie wissen …)

3. Ich (Anfängerpech. Ich habe noch nie an der Jagd teilgenommen und noch nicht mal irgendwo anders nach einem vierblättrigen Kleeblatt gesucht. Außerdem muss ich zugeben, dass mein Interesse und meine Motivation wesentlich geringer sind als die meiner Gegner.)

Drei Rituale, die der Klee-Jagd vorausgingen

1. Singen der Nationalhymne vom Klee-Chor
2. Ein kurzer Vortrag vom Bürgermeister über die Geschichte des Klee-Festes
3. Durchschneiden des Bands, das den Eingang vom Klee-Feld absperrte, begleitet von dem Startruf: »Findet den Glücksklee!« (vom Präsidenten des Klee-Rats)

Und damit begann es aus den Lautsprechern zu plärren: »Ich such, ich such, bis ich ihn seh', den vierblättrigen Klee«, und wir Kinder wurden auf den großen grünen Jagdgrund losgelassen.

Vier Strategien, die meine Freunde anwandten, nachdem das Band durchgeschnitten war.

1. Charlie und Zora: Superschnell zur gegenüberliegenden Seite des Felds rennen, um die Stellen zu besetzen, die am weitesten von der Menge weg sind.
2. Elias: Sich auf den Boden fallen lassen und auf den Knien herumrutschen, während man den Boden mit der Lupe untersucht.
3. Amelie: Sich einen Schattenplatz an der Seite suchen, ein Strandhandtuch mit Monogramm ausbreiten und sich daraufsetzen, während man vorsichtig auf den Klee späht.
4. Kathi: Warten, bis sich die Menge zerstreut hat, dann geduldig einen zertrampelten Flecken in der Nähe des Eingangs durchsehen.

Und ich? Wie gewöhnlich wurde ich von den Menschen ziemlich abgelenkt. Es gab viel zu viel für mich zu sehen, als dass ich mich auf den Boden hätte konzentrieren können.

Ein paar Dinge, die mir auffielen, als die anderen Kinder im Feld herumkrabbelten

1. Wie Erik Neuland hoch aufgerichtet dastand, während er eine Stelle im Feld untersuchte (Ich schätze,

wenn man eine überdurchschnittliche Sehkraft hat, muss man sich nicht bücken, um ein vierblättriges Kleeblatt zu finden.)

2. Wie Birgit Rooney sich wie ein Riesenkäfer über das Feld beugte, das Gesicht nur Zentimeter vom Boden entfernt, und die Klee-Fühler an ihrem Haarreif wippten, wenn sie sich bewegte

3. Wie Bonnie Diaz die anderen Kinder jedes Mal verunsicherte, wenn sie ein Kleeblatt pflückte und ganz genau untersuchte

4. Wie der arme Claas Mittler auf seine Lupe nieste und sie sauber wischte

5. Wie Herr Albert und Schwester Tanja zusammen am Rand standen, lachten und Klee-Shakes tranken

6. Wie Mama mit Kathis Mama plauderte und alles fotografierte

7. Wie Papa etwas auf einem Klemmbrett am Tisch des Klee-Rats unterschrieb

8. Wie Theo Markus eine Frisbeescheibe zuwarf. Eine Frisbeescheibe, die er etwas zu kräftig warf, sodass sie an Markus vorbei und über die Köpfe der Menge flog, hinter das Band, das das Klee-Feld umgab, bis sie gut einen halben Meter von mir entfernt liegen blieb.

Zwei Dinge, die ich nicht sah, als ich mich bückte, um die Frisbeescheibe aufzuheben

1. Ein vierblättriges Kleeblatt

2. Ein fünfblättriges Kleeblatt

Zwei Dinge, die ich sah, als ich mich bückte, um die Frisbeescheibe aufzuheben

1. Ein Büschel dreiblättriger Kleeblätter

2. Ein sechsblättriges Kleeblatt

Vier Dinge, die ich hörte, nachdem ich das sechsblättrige Kleeblatt gepflückt hatte, um es zu untersuchen

1. Zuerst nur meine eigene innere Stimme, die zählte, um sicherzugehen: *Eins, zwei, drei, vier, fünf, sechs. Eins, zwei, drei, vier, fünf, sechs.*

2. Theo, der brüllte: »Annie, was machst du da? Wirf die Frisbeescheibe zurück!«

3. Mein Papa, der sagte: »Ich glaube, sie hat etwas gefunden.«

4. Der Bürgermeister und der Präsident des Klee-Rats, die sagten: »Junge Dame, was ist los? Hast du da etwas?«

Ein Moment in meinem Leben, bei dem ich tatsächlich Schwierigkeiten habe, mich genau daran zu erinnern

1. Dieser. Der Moment, in dem ich das erste Kind wurde, das jemals ein sechsblättriges Kleeblatt bei der Glücksklee-Jagd gefunden hat.

Sieben Dinge, an die ich mich erinnere

1. Wie die zehn Mitglieder des Klee-Rats herbeistürmten, um meine Entdeckung zu bestätigen

2. Wie ich zu einer Bühne geführt wurde, wo der Bürgermeister irgendeine Ansage machte, dass ich das allererste sechsblättrige Kleeblatt gefunden hatte, was mich und die Stadt berühmt machen würde
3. An meinen strahlenden Papa
4. Wie Mama die ganze Zeit eine Hand auf meiner Schulter hatte
5. Wie Theo rief: »Das ist meine Schwester!«
6. An ganz viele Leute, die Fotos machten
7. Wie der Präsident vom Klee-Rat das Kleeblatt nahm und versprach, es mir zurückzugeben, wenn es erst mal »richtig konserviert« worden sei.

Vier Gründe, warum es so schwierig ist, sich an den Rest zu erinnern

1. Alles ging sehr schnell.
2. Es war echt laut.
3. Um mich herum waren zu viele Leute, sodass ich keinen lange beobachten konnte.
4. Ich konnte nicht aufhören zu denken.

Vier Dinge, die ich dachte

1. Das ist so verrückt.
2. Das macht irgendwie Spaß.
3. Das macht mir auch etwas Angst.
4. So viel dazu, dass ich nicht auffallen wollte.

Eine Person, die meine wirbelnden Gedanken unterbrach

1. Amelie

Drei Dinge, die Amelie sagte und die mich aus den Socken hauten. (Mama sagt das manchmal. Es bedeutet, dass man voll überrascht ist.)

1. Herzlichen Glückwunsch.
2. In meiner Familie bist du schon berühmt, weil du Marie gestern Abend die Meinung gesagt hast. Das hat vorher noch nie jemand gemacht.
3. Danke, dass du ihr nicht erzählt hast, dass ich gekotzt habe.

»Vielleicht hätte ich das tun sollen«, sagte ich. »Dann hätte sie mehr Verständnis gehabt.«

Sieben Dinge, die Amelie noch sagte, nachdem sie aufgehört hatte zu lachen

1. Marie hat nie Verständnis für die Probleme von anderen, nur für ihre eigenen.
2. Sie war gestern Abend supersauer auf mich.
3. Tut mir leid, dass ich früher gegangen bin, aber ich wollte nicht mehr dabei sein.
4. Auf dem Heimweg war ich ganz aufgebracht, aber Mama hat mich wirklich aufgemuntert und meinte, Marie müsse sich mal mehr zusammenreißen.
5. Ich glaube, die vermasselte Nummer ist das Schlimmste, was ihr jemals passiert ist.
6. Ich muss unbedingt gucken, ob ich ein Video davon kriegen kann.
7. Willst du mit Zora und mir Klee-Shakes trinken?

Plötzlich fühlte ich mich, als hätten wir endlich die Kurve gekriegt. Amelie lud mich ein, etwas nur mit ihr und Zora zu machen … das war auf jeden Fall noch nie vorgekommen.

Drei Dinge, über die ich bewusst nicht sprach, als wir zum Shake-Stand gingen, um uns mit Zora zu treffen

---

1. Die Momente im Schuljahr, in denen Amelie komisch zu mir gewesen war (Sie gab sich Mühe, das musste ich ihr lassen. Lass die Vergangenheit ruhen, würde mein Papa sagen.)

2. Das *A nach Z*-Fotoalbum, das ich in ihrem Zimmer gesehen hatte (Jetzt war klar, dass Kathis Vermutung richtig gewesen war: Amelie hatte mich kühl behandelt, weil sie und Zora immer eng befreundet gewesen waren, und es fiel ihr schwer, mich im Kreis aufzunehmen. Ich weiß, wie ich mich gefühlt hätte, wenn ein neues Kind nach Brooklyn gezogen und plötzlich eine gute Freundin von Melli geworden wäre, als ich noch dort war. Ich meine, guck dir an, was passiert ist, als Melli neue Freundinnen gefunden hat, nachdem ich weg war!)

3. Die Tatsache, dass ich Klee-Shakes nicht wirklich mag (Bei all der guten Stimmung schien es mir nicht der richtige Zeitpunkt zu sein, um zu sagen, dass sie einen bitteren Nachgeschmack haben. Die Leute hier lieben ihre Klee-Shakes – welche Überraschung!)

Fünf Bemerkungen von meiner Familie auf dem Heimweg

1. Papa: War das nicht ein toller Tag? Ist das nicht eine wunderbare kleine Stadt?
2. Theo: Diese Ruhm-Sache erfüllt sich doch irgendwie von selbst, oder? Ich meine, natürlich bringt dir ein sechsblättriges Kleeblatt Ruhm, weil es so selten ist, dass jeder, der davon hört, darauf anspringt. Ist ja nicht so, als ob das etwas mit Magie zu tun hätte. (Ich musste zugeben, dass er recht hatte.)
3. Mama: Alles in Ordnung, Annie? Du bist so furchtbar still.
4. Ich: Alles okay. Ich bin immer still!
5. Theo: Nicht wirklich. Nicht mehr.

Mama drehte sich um und lächelte. Sie wusste, dass Theo recht hatte; ich war nicht mehr so still. Aber in dem Moment fehlten mir einfach die Worte. Es war ein verrückter Tag gewesen. Und es sollte sogar noch verrückter werden.

Leute, die ich mehr oder weniger erwartet hatte, als wir nach Hause kamen

1. Eine Nachrichtencrew

2. Eine Blaskapelle

3. Eine Gruppe Fotografen

Eine Person, die ich NICHT erwartet hatte, als wir nach Hause kamen

1. Melli

Aber da war sie, saß auf den Stufen vor unserer Haustür und hielt ein eingewickeltes Päckchen in der Hand. Ihre Mama und ihr Papa standen im Garten und betrachteten die Rosenbüsche.

Die ersten Worte der Erwachsenen

1. Papa: Hey, Fremde!

2. Mama: Hallo, Leute!

3. Mellis Papa: Selber hallo!

4. Mellis Mama: Annie, wir haben gehört, du bist berühmt!

Zu diesem Zeitpunkt dachte ich: *Boah, vielleicht stimmt es ja, dass ein sechsblättriges Kleeblatt Ruhm bringt.* Denn wie sonst sollten sie jetzt schon davon wissen?

Zwei Dinge, die Theo sagte und die mich auf den Boden der Tatsachen zurückbrachten

1. Papa, du hast das mit dem Kleeblatt auf Facebook gepostet, oder? (Klar, das erklärte, warum sie es wussten.)

2. Annie, willst du nichts sagen?

Fünf Fragen, die ich Melli seit Monaten hatte stellen wollen

1. Warum hast du mir nicht geschrieben?

2. Warum hast du meine Frage zu Charlotte nicht beantwortet?

3. Was geht ab in Brooklyn?

4. Bist du noch meine Freundin?

5. Werde ich dich jemals wiedersehen?

Auf die letzte hatte ich jetzt wenigstens eine Antwort.

Die einzige Frage an Melli, die mir in dem Moment einfiel

1. Warum bist du hier?

Melli sagte nichts. Nach ein paar schleppenden Sekunden erklärte ihr Papa, dass unser Haus auf dem Weg zu Verwandten lag, die sie besuchten, darum hatten sie beschlossen, vorbeizuschauen und uns zu überraschen.

Ich war auf jeden Fall überrascht.

Wie Melli schließlich ihr Schweigen brach

1. Hi, Annie.

2. Darf ich euer Haus von innen sehen?

Dinge, die ich sagte, als ich für Melli eine Hausführung machte

1. Das ist das Wohnzimmer.
2. Das ist das Esszimmer.
3. Das ist die Küche
4. Das ist die Kellertreppe.
5. Da draußen hinterm Haus ist der Garten.
6. Oben sind die Schlafzimmer und Badezimmer.

Verstehst du? Ich redete kaum mit ihr. Ich war wortkarg, um es mit einem Herrn-Albert-Wort zu sagen.

Warum war ich wortkarg?

1. Ich dachte an die unbeantwortete E-Mail.
2. Ich fragte mich, ob Charlotte jetzt ihre beste Freundin war.
3. Ich fragte mich, wie sie mich bitten konnte, sie durchs Haus zu führen, ohne irgendwas von diesen Dingen vorher zu erklären.

Zwei Dinge, die Melli und ich genau gleichzeitig sagten:

1. Melli: Darf ich dein Zimmer sehen?
2. Ich: Warum hast du mir nicht zurückgeschrieben?

Ich wiederholte meine Frage: »Warum hast du mir nicht zurückgeschrieben?«

Gründe, die Melli aufzählte

1. Ich wusste nicht, was ich schreiben sollte.
2. Wenn ich dir geschrieben hätte, dass du recht hattest, dass ich tatsächlich mit Charlotte Teufel im Kino war, wärst du sauer gewesen. Ich wusste nicht, wie ich dir erklären sollte, dass sie mittlerweile viel netter ist. Ich glaube, es hat etwas damit zu tun, dass sie eine Zahnspange bekommen hat …

Als ich Melli sagte, sie würde vom Thema ablenken, wirkte sie überrascht, dass ich sie unterbrach. Aber sie sagte: »Okay«, und fuhr fort …

3. Es hörte sich so an, als ob du einen Haufen neuer Freunde hast, darum habe ich mich seltsam gefühlt.

Schließlich sagte sie: »Aber du hast recht. Ich hätte dir schreiben sollen. Es tut mir leid. Darf ich dir zeigen, was ich mitgebracht habe?«

Drei Dinge, die meiner Meinung nach in Mellis eingepackter Schachtel sein konnten

1. Brooklyn-Bagels
2. Ein Freundschaftsarmband
3. Mein *Guinness-Buch der Rekorde*, das sie sich mal ausgeliehen und mir nie zurückgegeben hat

Zwei Dinge, die in der Schachtel waren

1. Ein Hand-Truthahn mit den Worten »Viele SEHR nachträgliche Grüße zum Erntedankfest« darauf
2. Ein marmoriertes Notizbuch, in dem wir angefangen hatten, uns Nachrichten zu schreiben, kurz bevor ich erfahren hatte, dass ich umziehen würde.

»Mach auf«, sagte Melli.

Einundfünfzig Nachrichten, die in dem marmorierten Notizbuch waren

1. Auf der ersten Seite war die letzte Nachricht, die ich in Brooklyn an Melli geschrieben hatte. Darin stand nur: »Ich glaube, ich habe bei Herrn Laurenz was ausgeplappert, was ich nicht hätte sagen dürfen. Ich erzähl dir beim Mittagessen mehr.«

2.–51. Nachrichten, die Melli mir in all den Monaten geschrieben hatte, in denen ich weg war.

»In den Monaten, in denen ich Mails hinbekommen habe, steht nicht viel drin«, sagte sie, als sie mein überraschtes Gesicht sah. »Nachdem du wegen Charlotte gefragt hattest, fühlte es sich dann nach einiger Zeit komisch an, dir nicht zu antworten, und ich wusste nicht richtig, was ich schreiben sollte. Aber ich habe die ganze Zeit weiter Nachrichten geschrieben, siehst du?« Sie blätterte die Seiten durch, und ich sah Berichte über alles, was ihr in diesem Jahr in Brooklyn passiert war, in ihrer lustigen, spitzen Handschrift. Ich wusste, dass ich mir später Zeit nehmen musste, um alles durchzulesen, aber bestimmte

Dinge sprangen mir jetzt schon ins Auge: die Namen von Kindern aus unserer Klasse, eine alberne Zeichnung von Herrn Laurenz, Kritzeleien von Sternen und Planeten und manchmal – in Großbuchstaben – die Wörter: »TUT MIR LEID« und »AAAAHHH! Ich wünschte, du wärst hier!«

Seit der ersten Klasse bin ich nicht mehr besonders gut im Umarmen (und Melli auch nicht), aber als ich das Notizbuch durchgesehen hatte, nahm ich ihre Hand und drückte sie. Sie wusste, was das bedeutete. Und drückte zurück.

Vier Dinge, die meine Notizbuch-Trance unterbrachen

1. Das Klingeln an der Tür
2. Das Klingeln des Telefons
3. Theo, der sagte: »Oh Gott, das ist ja die ganze Stadt!«
4. Mama, die die Treppe hinaufrief: »Annie, kannst du bitte mal runterkommen?«

Acht Leute, die Melli und ich am Fuß der Treppe vorfanden

1. Zora
2. Kathi

3. Amelie

4. Charlie

5. Elias

6. Herrn Albert

7. Schwester Tanja

8. Direktor Willberg, der sagte: »Wir wollten nur kurz vorbeischauen und unserer berühmten Schülerin gratulieren!«

Ich war nicht sicher, was ich erwidern sollte, aber das spielte auch keine Rolle, denn in dem Moment kam Papa an und sagte: »Kanal Sieben war gerade am Telefon. Sie wollen dich für einen Beitrag in den heutigen *Nachrichten um sechs* interviewen.«

Acht Fragen, die dann gestellt wurden

1. Zora: Was wirst du anziehen?
2. Amelie: Willst du mein Klee-Outfit dafür ausleihen? Du solltest mehr nach Klee aussehen. Du bist jetzt eine Kleewinklerin. (Ich hatte recht! Es heißt Kleewinkler!)
3. Kathi: Kannst du mir ein Autogramm von dem Wettermenschen besorgen?
4. Theo: Darf unsere Band *Toter Winkel* im Hintergrund spielen?
5. Herr Albert: Weißt du, falls sie dich etwas fragen, von dem du nicht willst, dass es gesendet wird, dann solltest du »ganz im Vertrauen« sagen, bevor du antwortest.
6. Melli (flüsternd): Wer sind all diese Leute?
7. Papa: Willst du das machen, Annie?
8. Ich: Soll ich es machen? Was soll ich denn sagen?

Und dann sagte Mama genau das, was ich mir eigentlich hätte denken können, nämlich: »Das liegt ganz bei dir, Schätzchen. Aber ich glaube, du würdest es großartig machen. Sei einfach du selbst.«

Was bedeutet es für mich, einfach ich selbst zu sein? Wer ist das? Zehn mögliche Antworten

1. Eine Fünftklässlerin, die gerade ein sechsblättriges Kleeblatt gefunden hat
2. Ein Mädchen, dem normalerweise *echt viel* auffällt, das aber das Kleeblatt nur gefunden hat, weil es neben einer Frisbeescheibe stand
3. Ein Mädchen aus der Stadt, das aus Versehen ein Familiengeheimnis erzählt hat
4. Eine Kleewinklerin, die gerade herausfindet, wie man sich anpasst
5. Eine kleine Schwester
6. Die stille Freundin, die nur dann redet, wenn sie unbedingt muss (und ich nehme an, in einem Interview muss man)
7. Das Mädchen, das Amelie davor bewahrt hat, eine Blutsschwester zu werden
8. Das Mädchen, das Marie die Stirn geboten hat
9. Jemand, der von Melli wirklich vermisst wurde
10. Ein Kind, das gerade herausfindet, wie man seine Meinung sagt

Okay, Annie, du schaffst das, dachte ich. »Klar«, sagte ich. »Ich mache es.«

Die Reaktion der Menge auf meine Entscheidung

1. Jubel
2. Gelächter über den Jubel, der ein bisschen übertrieben wirkte (ich und Kathi)
3. Umarmungen (von Mama und Papa)
4. Getrommel (von Theo, natürlich)
5. Eine kleine Umarmung von Schwester Tanja, die sagte, dass sie und Herr Albert jetzt gehen müssten, aber sie würde mit Sicherheit heute Abend zugucken

»Warum gehen sie zusammen?«, flüsterte Kathi, als Herr Albert und Schwester Tanja durch die Tür gingen.

»Ganz im Vertrauen?«, fragte ich. »Ich glaube, sie ist seine Freundin.«

Sieben Dinge, die sich in meinem Leben verändert haben, seitdem ich das Klee-Kind wurde (so hat mich die Dame in der Nachrichtensendung genannt)

1. Ich habe haufenweise Werbegeschenke bekommen (zum Beispiel Klee-Ketten, -T-Shirts, -Socken – sogar

ein kleines Plüsch-Kleeblatt). Ich habe versucht, sie möglichst gerecht unter meinen Freunden zu verteilen. Als lebenslange Kleewinkler stehen sie viel mehr auf dieses Zeug als ich. Zora hat die Ketten bekommen, Kathi die Jeansflicken, Elias und Charlie die Schnürsenkel und Amelie die Bleistifte (runde, natürlich). Das Plüsch-Kleeblatt habe ich allerdings behalten; ich habe es Grünchen genannt.

2. Mama und Papa gehen öfter aus. Alle lernten nach meinem berühmten Fund unsere Familie kennen, darum schlossen sie nach und nach neue Freundschaften. Und: Die Leute waren so beeindruckt von Papas Rezepten beim Klee-Fest (seine Klee-Guacamole hat eine blaue Schleife gewonnen), dass ein paar andere Eltern sie gefragt haben, ob sie in ihren Feinschmecker-Club eintreten wollen.

3. Mama hat mehr gearbeitet. Ein Mitglied vom Klee-Rat hat herausgefunden, dass sie Grafikdesignerin ist, und sich ihre Website genau angeschaut. Mamas Arbeiten haben ihm so gut gefallen, dass er sie gebeten hat, alle neuen Sachen für sie zu gestalten: Briefpapier, Banner, die Schriften. Und ein paar andere Organisationen aus der Nähe fangen auch an, sie zu beauftragen. Sie erinnert Theo und mich ständig daran, dass es gemeinnützige Vereine mit begrenztem Budget sind und dass wir nicht den Jack-

pot geknackt haben oder so, aber ich merke, dass sie glücklich darüber ist, ein zusätzliches Einkommen zu haben.

4. Alle an der Schule wissen jetzt, wer ich bin. Sogar die älteren Kinder. Vor Kurzem sagte Till Gartner (Sechstklässler) im Flur zu mir: »Hi, Annie«, und ich dachte schon, Amelie würde in Ohnmacht fallen. (Sie sagt, er sehe verdammt gut aus, und ich glaube, sie hat recht.)

5. Zum ersten Mal in meinem Leben gibt es Leute, die ich nicht kenne, aber die *mich* kennen. Als ich letztens mit Mama in der Drogerie war, fragte mich ein Mädchen, das mir vorher nie aufgefallen war, ob sie ein Selfie mit mir machen dürfte. Das war auf jeden Fall eine Premiere.

6. Je mehr Leute ich kennenlerne, umso weniger Angst habe ich, mit ihnen zu reden.

7. Jetzt schreibt Melli mir öfter als ich ihr. Aber das liegt nicht daran, dass ich berühmt bin; es liegt daran, dass wir wieder Freundinnen sind. Und ich schreibe ihr nicht seltener, weil ich sauer auf sie bin. Ich habe im Moment einfach nur mehr zu tun. Ich habe nicht eine beste Freundin wie in Brooklyn oder irgendwelche »Reservefreunde«, von denen ich gedacht hatte, dass ich sie brauche. Sie sind alle ein-

fach meine Freunde. Und je mehr Freunde man hat, umso mehr hat man zu tun, darum ist meine Zeit, um E-Mails zu schreiben, begrenzt.

Fünf Dinge, die sich in meinem Leben nicht verändert haben, seitdem ich das Klee-Kind wurde

1. Ich muss immer noch jeden Abend beim Abwasch helfen.
2. Obwohl Mama mehr Aufträge hat, sind wir immer noch nicht sicher, wie lange Papa seine Stelle behalten wird, wenn die neue Autobahn erst mal fertig ist. Doch er scheint gelassener zu werden, je länger es dauert. »Bei der Regierungsbürokratie dauern solche Dinge ewig«, sagt er immer. Wir werden sehen. Aber ich frage mich nicht mehr so oft wie früher, ob wir nach Brooklyn zurückziehen werden. Theo fragt auch nicht mehr danach. Niemand hat es laut ausgesprochen, aber ich glaube, wir alle könnten uns damit anfreunden, hierzubleiben.
3. Ich lasse mich immer noch ziemlich leicht in Verlegenheit bringen. (Ich sage nur: Kaugummi sollte ich lieber nicht hinter meinem Ohr aufbewahren; was bei Viola Beauregarde geklappt hat, klappt längst nicht bei mir.)

4. Theo macht sich immer noch darüber lustig, dass ich ein Tollpatsch bin. (Seit dem Kaugummi-Vorfall nennt er mich nur noch Kaui oder Kauquappe.)

5. Ich habe immer noch kein Telefon.

Meine vier Lieblingsgeschmacksrichtungen bei Kaugummis

1. Wassermelone

2. Traube

3. Wildkirsche

4. Erdbeer-Kiwi

Drei Dinge, die ich Kathi, Zora und Amelie zu Beginn der Sommerferien in der Teich-Festung gestand

1. Ich habe Angst vor Bären.

2. Ich hatte Angst, dass ich hier keine Freunde finden würde. (»Hast du aber!«, sagte Amelie.)

3. Ich habe ein echt gutes Gedächtnis, aber nur für seltsame Dinge. (»Das haben wir uns schon gedacht«, sagte Kathi. »Ja«, fügte Zora hinzu. »Du redest in letzter Zeit viel mehr, und du kannst dir die verrücktesten Dinge über die Leute merken!«)

Was passierte, nachdem ich die Wahrheit über mein Gedächtnis erzählt hatte

1. Nichts. Wie sich herausstellte, findet niemand es gruselig (außer Theo vielleicht).

Sieben Pläne, die ich für den Sommer habe

1. Mamas Buch-Aufgabe beenden, damit ich ENDLICH OHRLÖCHER BEKOMME.
2. Freiwürfe üben, damit ich Theo in HORSE schlagen kann.
3. Im städtischen Schwimmbad tauchen lernen.
4. Melli in Brooklyn besuchen. (Mama sagt, wir können am vierten Juli hinfahren, zum Nationalfeiertag, weil Melli vom Dach ihres Hauses einen tollen Blick auf das Feuerwerk hat. Und Theo freut sich total darauf, mit seiner alten Band zu spielen und seine Lieblingsmusikgeschäfte abzuklappern. Er hat Markus versprochen, ihm ein paar neue Plektren für seine Gitarre mitzubringen.)
5. Kathi dabei helfen, ihren Text für die Theatercamp-Aufführung zu lernen. Sie glaubt, dass ich wegen meines Gedächtnisses gut darin bin. Ich habe versucht, ihr zu erklären, dass es so nicht wirklich

funktioniert, aber sie sagt, ich sei trotzdem ihre erste Wahl.

6. Mich mit Amelie treffen, um Briefe an Zora zu schreiben, die einen Monat bei ihren Großeltern auf Jamaica verbringen wird. Zora meinte, wir müssten ihr jeden Tag schreiben, aber wir haben ihr gesagt, dass wir das eher einmal die Woche machen. (Ich merkte, dass es Amelie schwerfiel, Zora zu widersprechen, aber ich glaube, sie wird besser darin.) Amelie hat schon Briefpapier für uns gemacht, das wir für die Briefe benutzen können. Oben am Rand steht ein kleines Kleeblatt und »Von A2 nach Z«.

7. Mit Tante Pen an unseren besonderen Familien-Strandplatz, Wren Island, fahren. Neulich schrieb sie mir in einer E-Mail, dass sie es kaum erwarten könne, zu hören, was alles seit dem Erntedankfest passiert sei, all die Abenteuer, die ich in Kleewinkel erlebt hätte.

Dieses Jahr ist so viel passiert, ich weiß wirklich nicht, was ich ihr zuerst erzählen soll.

Schätze, ich fange am besten an, eine Liste zu machen.

DANKSAGUNG

(ODER: EIN PAAR DER WUNDERBAREN LEUTE, DIE DABEI GEHOLFEN HABEN, ANNIE ZUM LEBEN ZU ERWECKEN)

1. Alle, die mir als Erste gesagt haben, ich sei Autorin, angefangen bei meinen Eltern: Mary Lou Keim McGinn, die meine Fantasie zu schätzen wusste und meine frühesten Geschichten aufschrieb, bevor ich das selbst tun konnte; und Howard McGinn, dessen Zuspruch und ansteckende Liebe zu Worten meine kindlichen Schreibversuche entfachten.

2. Kevin McGinn, die witzigste Person, die ich je getroffen habe, einer meiner großen Cheerleader und mit Sicherheit der beste Mensch, mit dem man eine Kindheit verbringen konnte. Wie Annie ist er ein wandelndes Lexikon der Erinnerungen, und ich bin so dankbar für seine Bereitschaft, sie zu teilen. (Hinweis: Er fuhr mit seinem Fahrrad in ein Loch, lange bevor sie es tat.)

3. Jane und Samantha McGinn für ihre Liebenswürdigkeit, Bücherwurm-Solidarität und Begeisterung bei jedem Meilenstein.

4. All die kleinen Sippen, die mich aufgenommen, aufgezogen und mir im Laufe der Jahre großartige Geschichten mitgegeben haben. (Ich seh euch in die Augen, Sanford-Kinder, Familie Lafayette, McCall's-Mädels und Brooklyn-Mamas.)

5. Die unendlich geistreichen, großzügigen und tröstlichen Frauen aus meinem South-Orange-Maplewood-Dorf. (Wirklich, was würde ich ohne euch bloß machen?)

6. Die unglaublichen Lehrer von Sanford, N.C., Lafayette College und dem Bank Street College of Education, deren Geduld und Weisheit meine Leidenschaft für Literatur förderte, den Drang, Fragen zu stellen, und meine tiefe Wertschätzung für gute Geschichten.

7. Melissa Walker, liebe Freundin, N.C.-in-N.Y.-Schwester und Schreibschamanin, die eine frühe Annie-Fassung las, sie mit ganzem Herzen »kapierte« und die Suche nach anderen anführte, die der gleichen Meinung sein würden.

8. Meine großartige Agentin, Sarah Burnes von der Gernrt Company, deren auf sanfte Weise prägnante Fragen Annie und ihre Welt fokussierten; und ihr

Kollege Logan Garrison Savits, dem ich nicht genug dafür danken kann, dass er dieses Manuskript gefunden und sich dafür eingesetzt hat und dass er dabei geholfen hat, es auf jedem Schritt des Weges zu behüten.

9. Julia Maguire und das restliche Team für Kinder- und Jugendliteratur bei Knopf Books, deren Betreuung geholfen hat, aus Annies Geschichte so viel mehr zu machen, als ich es jemals gedacht hätte. Julias Führung half einer Figur, einer Stadt und einer Schriftstellerin beim Wachsen.

10. Emma Smith, deren Freundschaft ich lange vor unserer Liebe zu Kinderbüchern schätzte (und mit der ich Träume vom Schreiben teilte), festigte es noch mehr. Und »Kritikergruppe« scheint eine irgendwie unpassende Bezeichnung für Emma, Ariel Bernstein, Ali Bovis und Katey Howes, deren brillante Erkenntnisse, kreative Lösungen für die Geschichte, Trost bei Schreibblockaden und Panda-Witze tägliche Geschenke in meinem E-Mail-Postfach sind.

11. Rebecca Crane, deren wunderschöne Illustrationen genau erfassen, wie Annie aussieht, wenn ich meine Augen schließe und sie mir vorstelle. Ich bewundere ihr Talent.

12. Lucy Louise und Alice Josephine Mahoney für die unzähligen Lachattacken, Umarmungen und inspi-

rierenden Enthüllungen, die ihr mir jeden Tag schenkt. Was für ein Wunder es ist, euch und eure Schwesternliebe wachsen zu sehen! Wie ich euch schon sagte, als ihr noch klein wart: Ich habe mein ganzes Leben auf euch gewartet (und das war es wert).

13. Whelan Mahoney, immer noch der Sonnenschein meines Lebens. Dir danke ich am meisten.

DORK diaries

Nikkis erster Tag an der neuen Schule hätte ihr Glückstag werden können. Ihr Leben verändern! Schließlich weiß niemand hier, dass Nikki ein Totalausfall in Sachen Coolness ist. Und dann gibt ihr ihre Mom dieses „Einschulungsgeschenk". Ein TAGEBUCH! Nur damit das klar ist, NIEMAND schreibt heute noch Tagebuch! Niemand! Und schon gar nicht Nikki … Oder doch?

Band 1: Nikkis (nicht ganz so) fabelhafte Welt
ISBN 978-3-505-12860-8

Band 2: Nikkis (nicht ganz so) glamouröses Partyleben
ISBN 978-3-505-12861-5

Band 3: Nikkis (nicht ganz so) phänomenaler Auftritt
ISBN 978-3-505-12862-2

Band 4: Nikki als (nicht ganz so) graziöse Eisprinzessin
ISBN 978-3-505-12863-9

Band 5: Nikkis (nicht ganz so) guter Rat in allen Lebenslagen
ISBN 978-3-505-13125-7

Band 6: Nikkis (nicht ganz so) perfektes erstes Date
ISBN 978-3-505-13126-4

www.schneiderbuch.de

Band 7: Nikkis (nicht ganz so) schillernde Filmkarriere
ISBN 978-3-505-13375-6

Band 8: Nikkis (nicht ganz so) bezauberndes Märchen
ISBN 978-3-505-13377-0

Band 9: Nikkis (nicht ganz so) geheimes Tagebuch
ISBN 978-3-505-13749-5

Band 10: Nikkis (nicht ganz so) herzallerliebsten Hundebabys
ISBN 978-3-505-13751-8

Band 11: Nikkis (nicht ganz so) fabulöser Schüleraustausch
ISBN 978-3-505-13921-5

Band 12: Nikkis (nicht ganz so) heimliches Herzklopfen
ISBN 978-3-505-14010-5

Band 13: Nikkis (nicht ganz so) genialer Geburtstag
ISBN 978-3-505-14214-7

Rachel Renée Russell
DORK Diaries
je ca. 300 Seiten,
gebunden
Band 1-10: € 12,99 [D]
Band 11-13: € 14,00 [D]

Schneiderbuch
EGMONT